관심이 있는 사람이면 누구나 전문가가 될수있다

測字占

측 자 점

지은이 : 구경수(具京秀)

序言(서언)

測字占(측자점)은 말 그대로 字(자)를 보고 吉凶(길흉)을 판단하는 기술적 방법이다.

漢字(한자)의 구조, 구성원리가 어떻게 이루어져 있는가를 숙지해야 되고 15,000~20,000개 가량의 漢字(한자)의 뜻을 정확하게 파악하고 있어야 測字占(측자점)을 현실에 응용할 수 있다고 생각된다. 그리고 易學(역학)의 기본적인 원리, 지식 등을 지니고 있어야 한다. 字體(자체), 易理(역리), 그 당시의 情況(정황)등을 근거로 하여 測字占(측자점)을 치게 되는데 자유자재로 수시로 변화하는 주변 상황에 빠르게 대응할 수 있는 샤프한 두뇌를 가지고 있어야 한다. 그래야만 占(점)의 예측결과가 정확하게 맞아 떨어지는 효과를 볼 수 있는 것이다. 本(본) 저자는 河洛理數(하락리수), 範圍數(범위수), 梅花易數(매화역수), 周易(주역)등 여러 가지 易學(역학)에 관련한 서적들을 읽었으므로 測字占(측자점)을 쉽게 배울 수 있었던 것이다. 그리고 이 책은 測字占(측자점)에 관심이 많아 배우고자하는 초보자들에게 이 분야를 가장 빠르고 쉽게 학습해나갈 수 있게끔 안내하는 교과서이니 만큼 초보적인 수준에 머물러있으니 더 높은 수준의 易學(역학)서적을 읽고 싶은 자는 이 책을 완전하게 읽은 다음 그 책을 읽는 것이 순서에 맞고 더 유리할 것이다.

目次(목차)

目次(목차)

目次(목차)

제1장

測字入門(측자입문)

測字(측자)는 당·송시대에 相字(상자)로 불리었다. 測字(측자)분야를 대체로 文人(문인)들은 놀이 대상으로 삼았고, 術士(술사)들은 기예를 가지고 관직을 구하는 도구로 삼았다. 元·明(원.명)시대 이후 이 測字(측자)분야는 갈수록 추락하여 대중들 사이에서 생계를 도모하는 수단으로 전락해버렸다. 拆法(탁법)은 9궁8괘, 文書(문서), 觀枚(관매), 象形(상형), 觸機(촉기) 등으로 나뉘어진다. 본래 측자분야는 易學(역학)의 일반적인 원리, 지식을 바탕으로, 수많은 한자를 자유자재로 활용할 수 있는 능력을 가지고 있어야한다. 造字(조자) 방법은 諧聲(해성), 會意(회의), 象形(상형) 3가지로 분류된다. 이 방법을 사용하는 과정에 있어서 영민한 지혜와 기술을 갖추고 기회에 따라 변화에 대응하며 吉凶(길흉)을 판단해야 靈驗(령험)한 효과를 보게 되는 것이다. 그렇지 않고 하나하나 字句(자구)에 얽매여 수시로 변화하는 상황에 立體的(입체적)으로 대응하지 못한다면 占斷(점단)의 효과를 보지 못할 것이다. 대개 同一(동일)한 글자인데 물어보는 사항은 同一(동일)하지 않을 것이다. 그리고 이 사항에는 맞아 떨어지나 저 사항에 대해서는 맞지 않을 때도 있다. 또 물어볼 사람은 士(사), 農(농), 工(공), 商(상) 여러분야로 나뉠 수 있으며, 물어본 날은 陰(음)(흐린 날), 晴(청)(맑게 갠날), 風(풍)(바람 부는 날), 雨(우)(비오는 날)등 여러 가지로 나뉠 수 있고, 물어 본 사람이 여유로운 사람, 급박한 사람 등으로 나뉠 수 있고, 占(점)치는 사람에 있어서는 점치다가 우연히 보게 된 것, 우연히 듣게 된 것, 갑자기 움직이는 것, 갑자기 변화하는 것 등을 유심히 관찰하여 기회에 따라 스치는 영감이 떠올라야 한다. 字體(자체)에 얽매여 그 위에 억지로 갖다 붙여서는 靈驗(령험)한 효과를 보지 못하게 될 것이다.

제2장

測字總訣(측자총결)

1) 測字占(측자점)으로 吉凶(길흉)을 판단함에는 글자 형태 全體(전체)의 뜻을 가장 우선시해야한다.
이 방법은 謝石(사석) 測字占大家(측자점대가)으로부터 시작된 것이다. 글자를 쪼개고 모으고 하는 방법은 그 다음인 것이다.

2) 字(자)는 본래 凶(흉)한데 조금은 吉(길)함을 띠고 있을 때, 예를 들어 考試(고시)에 대해서 弑字(시자)를 제시하며 占(점)을 물어봤다면 弑字(시자)는 본래 凶(흉)한데 式字(식자)는 吉(길)하여 本科(본과)에 中式(중식)에 해당하니 吉(길)하다고 평해야 되는 것이다.

3) 대체로 事(사)이 불분명한 사안인데 어떻게 吉凶(길흉)을 판단해

야 할까? 測字(측자) 역시 그러한 것이다. 예를 들어 재산을 모을 생각이 있는 점에 관해 占(점)을 물어보았다면, 반드시 어떤 사안인지 구체적으로 물어보아 세밀하게 나누어서 분명하게 할 필요가 있다. 홀로 투자해서 경영하는지 아니면 동업을 해서 사업을 하는지 아니면 단지 가게를 돕는 종업원인지, 아니면 사업을 운영하는데 있어 경험이 많아 노련한지, 아니면 경험이 없어 미숙한지 등등. 또 行人(행인)이 돌아오는 시기를 물어보았다면 먼 곳에 갔는지 아니면 가까운 곳에 갔는지. 등을 구체적으로 물어보아 占(점)을 칠 사안에 대해서 명확하게 한계 짓는 것이 중요하다.

4) 測字(측자)는 버리고 取(취)하는 방법을 활용할 줄 알아야 한다. 만약 수개의 글자를 제시하여서 글자마다 쪼개고 병합을 한다면 그 번거로움을 감당하기 힘들 뿐만 아니라 占(점)의 用(용)에 부합하지 않을 것이다. 占(점)으로 물어본 사안과 관련이 있는 것을 선택하여 占(점)치는데 활용하고 관련이 없는 것은 과감히 버려야 하는 것이다.

제3장

測字(측자) 12法(법)

1. 裝頭測法(장두측법)

某(모) 글자 위에 다른 글자를 더하거나 偏旁(편방)을 더해 다른 새로운 글자를 만드는 방식이다.

예를 들어 「戊(무)」 字(자)에 「艹(초)」 字(자)를 더하면 「茂(무)」 字(자), 「里(리)」 字(자)에 「立(립)」 字(자)를 더하면 「童(동)」 字(자)가 만들어진다. 아래에 예를 든다. (戊 + 艹 = 茂), (里 + 立 = 童)

戊(무) → 茂(무)　　里(리) → 童(동)

古(고) → 苦(고), 居(거)　兄(형) → 克(극), 況(황)　亦(역) → 赤(적)

日(일) → 春(춘), 皆(개) 爭(쟁) → 箏(쟁), 事(사)

早(조) → 卓(탁), 草(초) 冊(책) → 扁(편), 侖(륜)

央(앙) → 英(영) 免(면) → 冤(원), 冕(면)

艮(간) → 食(식), 痕(흔) 合(합) → 答(답)

屈(굴) → 窟(굴) 至(지) → 窒(질), 臺(대)

見(견) → 覓(멱), 覺(각) 連(련) → 運(운), 蓮(련)

元(원) → 玩(완), 完(완) 豕(시) → 家(가), 豪(호)

目(목) → 眉(미), 着(착) 足(족) → 蹇(건), 促(촉)

可(가) → 河(하), 奇(기) 皮(피) → 波(파), 破(파)

田(전) → 留(류), 富(부) 由(유) → 宙(주), 笛(적)

巾(건) → 吊(조), 席(석) 比(비) → 庇(비)

衣(의) → 裏(리), 裳(상) 心(심) → 忠(충), 愁(수)

升(승) → 飛(비), 昇(승) 貝(패) → 貧(빈), 貴(귀), 貪(탐)

月(월) → 有(유), 育(육) 曰(왈) → 昌(창)

子(자) → 好(호), 享(향), 李(리), 季(계)

주의해야 할 점은 만들어진 글자가 실제 占(점)을 쳤을 때의 상황에 부합할 수 있느냐 하는 문제이다. 占(점)을 묻는 사람이 「心(심)」 字(자)를 제시할 때 당시에 가을이었다면 가을 「秋(추)」 字(자)를 더하여 「愁

(수)」字(자)가 만들어지고, 또 그 사람이 글자를 지면 中央(중앙)에 써 내려가면 가운데 「中(중)」字(자)를 더하여 「忠(충)」字(자)를 만들면 된다. 占(점)을 묻는 사람이 물어보는 문제와 관련이 있는 글자를 취하여 맞추는 것이 마땅하다. 예를 들어 「田(전)」字(자)를 제시하여 주거이동을 물었을 때는 「留(류)」字(자)를 취하여 머무르는 것이 吉(길)하다고 판단을 하면 된다. 만약 선거문제를 물었다면 「當(당)」를 취하여 당선된다고 판단하는 것이 마땅하다.

2. 接脚測法(접각측법).

某(모)글자의 下面(하면)에 필획이나 偏(편),旁(방)을 더하여 다른 새로운 글자를 만드는 방식이다. 예를 들어 「采(채)」字(자) 아래에 「田(전)」字(자)를 더하면 「番(번)」字(자)가 만들어지고 또 「心(심)」字(자)를 더하면 「悉(실)」字(자)가 만들어진다. 아래에 예를 든다.

(采 + 田 = 番), (采 + 心 = 悉)

千(천) → 秀(수), 壬(임)	立(립) → 産(산), 童(동), 音(음)
里(리) → 異(이), 墨(묵)	自(자) → 息(식), 身(신)

苑(원) → 葬(장)　　合(합) → 弇(엄), 會(회)

如(여) → 恕(서)　　士(사) → 吉(길), 志(지), 喜(희)

穴(혈) → 空(공), 窮(궁)　　分(분) → 忿(분), 貧(빈)

人(인) → 金(김), 念(념), 合(합)　　日(일) → 星(성), 易(역), 暑(서)

3. 穿心測法(천심측법)

이것은 글자가 상, 하, 좌, 우로 나눠어질 수 있으며 이 글자의 중심부분에 수개의 필획을 더하여 다른 새로운 글자를 만드는 방식이다. 예를 들어 「二(이)」 字(자)는 「平(평)」 字(자)로 만들어진다. 「立(립)」 字(자)는 「正(정)」 字(자)로 만들어지는 방식이다. (二 → 平), (立 → 正)

昌(창) → 量(량)　　鞋(혜) → 難(난)　　維(유) → 甕(옹)

月(월) → 舟(주), 用(용), 角(각)　　旦(단) → 里(리), 車(차), 重(중)

弓(궁) → 弗(불), 弔(조)　　丈(장) → 吏(리), 更(갱),

日(일) → 申(신)　　合(합) → 含(함)　　木(목) → 來(래),束(속)

4. 包籠測法(포롱측법)

이것은 字體(자체)는 바꾸지 못하고 단지 이 글자를 둘러싸듯이 다른 글자를 더하는 방식이다. 아래에 예를 든다.

稚(치) → 穫(확)　　貝(패) → 遺(유), 測(측)

矢(시) → 族(족), 痴(치)　　由(유) → 曾(회), 遭(조)　　尹(윤) → 倉(창)

里(리) → 墨(묵)　　玉(옥) → 寶(보)

牛(우) → 逢(봉), 遲(지)　　辛(신) → 襯(친), 幸(행)　　石(석) → 磨(마)

弓(궁) → 潑(발)　　主(주) → 厭(오)

5. 破解測法(파해측법)

字體(자체)를 일일이 분해한 다음 수개의 필획을 더하여 글자를 만드는 방식이다. 예를 들어 「志(지)」 字(자)는 2개의 부분으로 쪼갤 수 있는데 「喜(희)」 字(자)의 首(수)가 되고 「悲(비)」 字(자)의 尾(미)가 되므로 희비가 교차한다는 문구가 된다. 또 「宗(종)」 字(자)는 「安(안)」 字(자)의 首(수)가 되고 「樂(락)」 字(자)의 尾(미)가 되므로 平安(평안)하고 快樂(쾌락)하게 된다는 문구가 된다. 아래에 예를 든다. (志 → 喜 + 悲), (宗 → 安 + 樂)

行(행) → 術(술), 衛(위) 辛(신) → 章(장)

共(공) → 莫(막), 黃(황)

笑(소) → 箕(기) 合(합) → 倉(창) 苦(고) → 苗(묘)

答(답) → 弇(엄) 罵(매) → 駟(사) 田(전) → 古(고)

隼(준) → 惟(유) 香(향) → 查(사) 勅(칙) → 拐(괴), 架(가)

勛(훈) → 賀(하) 解(해) → 周(주), 祥(상) 哉(재) → 告(고), 戎(융)

乖(괴) → 禾(화), 北(북) 稱(칭) → 再(재), 利(리)

程(정) → 柱(주), 和(화) 琳(림) → 材(재), 瑞(서)

膊(박) → 肘(주), 傳(전) 伐(벌) → 仁(인), 義(의)

志(지) → 喜(희), 悲(비) 宗(종) → 安(안), 樂(락)

6. 添筆測法(첨필측법)

이것은 부족한 곳은 채우고 마땅히 더해야하는 부분은 글자를 더하는 방식이다. 아래에 예를 든다.

唯(유) → 難(난) 佳(가) → 雌(자), 雄(웅) 忝(첨) → 添(첨), 泰(태)

合(합) → 命(명) 曹(조) → 會(회), 槽(조) 目(목) → 貧(빈), 身(신)

王(왕) → 玉(옥), 弄(롱) 巴(파) → 色(색), 絶(절) 才(재) → 財(재), 木(목)

良(량) → 養(양), 琅(랑)　言(언) → 詩(시), 論(론)　孔(공) → 乳(유), 吼(후)

7. 減筆測法(감필측법)

이것은 남는 부분은 잘라내고 마땅히 빼버려야 할 부분은 빼내는 방식이다.

寬(관) → 見(견)　難(난) → 鞋(혜)　莫(막) → 草(초)
袍(포) → 祀(사)　鶉(순) → 鳴(명)　恙(양) → 志(지)　花(화) → 化(화)
意(의) → 音(음)　志(지) → 士(사)　生(생) → 牛(우),土(토)

8. 對關測法(대관측법)

이것은 앞부분에서부터 끝에 이르기까지 한 개의 의의가 있는 문구를 만들어내는 방식이다. 예를 들어 「里(리)」 字(자)는 「男(남)」 字(자)의 頭(두)와 「童(동)」 字(자)의 尾(미)가 되니 男子(남자)라는 뜻이 만들어지는 방식이다. 아래에 예를 든다. (里 → 男 + 童)

先(선) → 牛(우), 頭(두), 虎(호), 尾(미) 또 生(생), 頭(두), 死(사), 足(족)

(先 → 牛 + 虎) (先 → 生 + 死)

善(선) → 美(미), 頭(두), 喜(희), 足(족) (善 → 美 + 喜)

帛(백) → 皇(황), 頭(두), 帝(제), 足(족) (帛 → 皇 + 帝)

禹(우) → 千(천), 頭(두), 萬(만), 足(족) (禹 → 千 + 萬)

伯(백) → 伸(신), 頭(두), 縮(축), 足(족) (伯 → 伸 + 縮)

友(우) → 有(유), 頭(두), 沒(몰), 尾(미) (友 → 有 + 沒)

推(추) → 欄(란), 頭(두), 截(절), 尾(미) (推 → 欄 + 截)

彦(언) → 龍(룡), 頭(두), 彪(표), 尾(미) (彦 → 龍 + 彪)

吝(린) → 凶(흉), 頭(두), 吉(길), 尾(미) (吝 → 凶 + 吉)

言(언) → 文(문), 頭(두), 句(구), 脚(각) (言 → 文 + 句)

找(조) → 施(시), 頭(두), 曳(예), 尾(미) (找 → 施 + 曳)

9. 摘字測法(적자측법)

글자의 필획이 이루어진 구조를 활용하는 방식인데 한 개의 글자를 분해하여 거기서 나온 小字(소자)를 취하여 판단하는 방식이다.

哉(재) → 土(토), 戈(과), 口(구) 殿(전) → 共(공) 調(조) → 吉(길), 司(사)

鞠(국) → 米(미), 采(채), 十(십) 曜(요) → 佳(가), 土(토), 習(습)

謀(모) → 小(소), 口(구) 廣(광) → 共(공), 由(유)

國(국) → 口(구), 戈(과) 雇(고) → 佳(가), 戶(호), 土(토)

變(변) → 言(언), 系(계)

10. 觀梅測法(관매측법)

이것은 온갖 물건의 명칭에 운용될 수 있다, 예를 들어 「日(일)」 字(자)를 제시하여 運氣(운기)를 물었다면 마땅히 4개의 계절과 晝(주),夜(야)를 고려해야 한다, 점칠 당시가 여름이었다면 뜨거운 열기를 연상해서 타인의 방해를 받게 될 것이라고 판단을 하면 된다. 만약 겨울이었다면 은혜를 받는다고 생각되어질 수 있으니 타인의 협조를 얻게 될 가능성이 있다고 판단을 하면 된다. 만약 해가 질 무렵인 저녁때라면 落日(락일)라 생각되어지니 運氣(운기)가 시들어가며 약해질 것이라고 판단을 하면 된다. 만약 동이 틀 무렵인 아침이라면 운세가 앞으로 번창하게 될 것이라고 판단을 하게 되는 것이다. 이하 예를 든다.

天(천) → 대체로 일은 空虛(공허)하나 行動(행동)하는 데는 利(리)롭다.

地(지) → 대체로 일은 成就(성취)될 수 있으나 단지 지체되는 불만이 있을 뿐이다. 田禾(전화)는 가득히 수확할 수 있다.

人(인) → 대체로 일은 成功(성공)하기도 하고 失敗(실패)하기도 하니 오직 誠心(성심)껏 바른 의지를 갖고 마음을 안정시킬 수 있어야 한다.

月(월) → 흐리고, 맑게 개고, 둥글고, 깨지는 것은 모두 각각의 근거가 있기 마련이다. 上弦(상현)은 유리하고 下弦(하현)은 불리하다.

水(수) → 흘러갈 수는 있어도 다시 돌아올 수는 없다. 겨울철에는 불리하다.

11. 九宮測法(구궁측법)

이것은 한 개의 글자를 9개의 부분으로 나누어서 판단을 하는 방식이다. 예를 들어 「淸(청)」 字(자)를 제시하였을 때는 「氵(수)」「主(주)」「月(월)」 3개의 글자로 나누어서 판단을 하면 된다. 만약 「淸(청)」 字(자)로서 財運(재운)을 물었을 때는 「氵(수)」 + 「去(거)」를 하면 「法(법)」이 된다. 자연스럽게 法則(법칙)이 있다는 뜻이다. 그 다음에 「氵(수)」 + 「原

(원)」을 하면 「源(원)」이 된다. 재물을 쌓아 富(부)를 이룬다는 뜻이다. 다시 「氵(수)」+「羊(양)」을 하면 「洋(양)」이 된다. 앞길이 멀고도 크다는 뜻이다. 다시 「主(주)」+「丿(별)」을 하면 「生(생)」이 된다. 「主(주)」를 분해하면 「十(십)」「二(이)」의 글자가 된다. 그러므로 十二分(십이분)의 이익을 얻는다는 뜻이다. 「主(주)」 字(자)는 「座(좌)」 字(자)로 변할 수 있으니 규칙을 지키며 시기가 도래함을 앉아서 기다려야 함이 마땅하다는 뜻이다. 또 「月(월)」+「月(월)」을 하면 「朋(붕)」이 된다. 세월이 늘어남에 따라 친구의 협조를 얻게 될 수 있다는 뜻이다. 이하 예를 든다.

① 案(안)	② 實(실)	③ 奪(탈)
實(실) 安(안) 守(수)	家(가) 安(안) 守(수)	失(실) 夫(부) 奢(사)
委(위) 如(여) 好(호)	每(매) 毒(독) 貫(관)	進(진) 雇(고) 集(집)
樂(락) 業(업) 末(말)	財(재) 敗(패) 販(판)	時(시) 專(전) 對(대)

12. 八卦測法(팔괘측법)

이 방법은 易學(역학)의 기본적인 원리를 숙지하지 않고서는 사용할 수 없는 방식이므로 생략한다.

제4장

1. 象形測法(상형측법)

말 그대로 모양을 본뜨는 방식이며 4가지 유형으로 분류할 수 있다.

1) 字(자)로서 물건을 본뜨는 방식

車(차) → 棺(관)을 들고 있는 모양과 비슷하다. 占病(점병)은 大凶(대흉)하다.

且(차) → 神主(신주) 위패와 비슷한 모양이다. 占病(점병)은 大凶(대흉)하다.

井(정) → 우물의 입구와 비슷한 모양이니 먹여 살리는 뜻이 있다.

曰(왈) → 사람이 입술을 꼭 다물고 있는 모양과 비슷하니 애정의 뜻을 나타낸다.

2) 物(물)로서 字(자)를 본뜨는 방식

乙(을) → 물고기를 잡는 낚싯바늘의 모양을 비슷하게 取(취)하였다.

田(전) → 창문의 모양을 비슷하게 取(취)하였다.

金(김),仝(전) → 자루가 달린 우산의 모양을 비슷하게 取(취)하였다.

几(궤) → 鐘(종)모양과 비슷하게 取(취)하였다.

3) 字(자)로서 字(자)를 본뜨는 방식

祀(사) → 袍(포)글자가 깨져있는 형태이니 衣(의)이 망가진다는 뜻이다.

貴(귀) → 匱(궤)글자가 깨져있는 모양이니 貧困(빈곤)함을 나타낸다.

虛(허) → 戲字(희자)의 首(수)이니 戲弄(희롱)하는 뜻이 있다.

殳(수) → 疫字(역자)의 尾(미)이니 病(병)이 치유되는 뜻이 있다.

4) 意(의)로서 字(자)를 본뜨는 방식

辛(신) → 幸字(행자)와 비슷하다. 그러므로 다행히 가까스로 뜻이 있다.

未(미) → 來字(래자)와 비슷하다. 그러므로 오고 있다 오고 있는 중이다 그러나 아직 오지 않았다의 뜻이 있다.

2. 會意測法(회의측법)

이것은 한 개의 글자를 2개의 부문으로 분해하여 판단하는 방법이다.

烟(연) → 風(풍)이 火(화)쪽으로 불고 있는 象(상)이다. 某事(모사)가 타인에 의지하면 成事(성사)된다는 뜻이다.

淋(림) → 楚(초)나라와 漢(한)나라가 다투고 있는 象(상)이다, 비유하자면 말다툼을 하는 일이 있다.

蜃(신) → 蟄(칩)거하던 龍(룡)이 飛出(비출)하는 象(상)이다. 대체로 권위를 얻을 수 있게 된다.

薊(계) → 蘇秦(소진)이 劍(검)을 메고 있는 象(상)이다. 功名(공명)은 늦게 이루어진다.

3. 假借測法(가차측법)

이 방식은 占(점)칠 때의 지점, 상황, 시간, 文字(문자)등을 배합하여 판단하는 방식이다. 예를 들어 「女(녀)」 字(자)로서 사업을 물었을 때 만약 이사람이 孩子(해자)(어린이)를 데리고 왔다면 「女(녀)」 + 「子(자)」하면 「好(호)」가 나오게 되니 사업운은 좋다라고 판단을 하면 된다.

立(립) → 人(인)을 만나면 「位(위)」이 된다.

立(립) → 水(수)를 보면 「泣(읍)」이 된다.

立(립) → 女(녀)를 보게 되면 「妾(첩)」이 된다.

立(립) → 男(남)을 보게 되면 「童(동)」이 된다.

子(자) → 만약 걸어가다가 家屋(가옥)의 門(문)가에 이르렀다면 「字(자)」가 된다.

化(화) → 草(초)를 보게 되면 「花(화)」가 된다. 旁人(방인)이 言(언)을 하게 되면 「訛(와)」가 된다.

4. 諧聲測法(해성측법)

이것은 제시한 글자에 대하여 묻고자 하는 사정이 同音(동음)의 글자, 그리고 관련이 있는 글자를 취하여 판단하는 방식이다.

예를 들어 「平(평)」 字(자)를 제시하여 出征(출정)할 수 있는지의 여부를 물었다면 平(평)과 兵音(병음)은 비슷하기 때문에 出征(출정)할 수 있다고 판단하면 된다.

倒(도), 到(도)　秤(칭), 稱(칭)　加(가), 家(가)

非(비), 飛(비)　桃(도), 逃(도)　梨(리), 離(리)

5. 指事測法(지사측법)

이것은 발생한 사정에 따라서 판단을 하는 방식이다.

觀人(관인)방식, 察色(찰색)방식, 辨言(변언)방식, 辨事(변사)방식

辨紙(변지)방식, 觀時(관시)방식, 相機(상기)방식

바르게 論(론)해야지 奇(기)이한 것을 좋아해서는 안 된다. 언어는 복잡해서는 옳지 않고 명확하게 한계를 규정짓는 것이 올바른 자세이다.

6. 轉注測法(전주측법)

한 개의 글자가 뜻이 여러 개인 때도 있고 四聲(사성)으로 다르게 발음될 때도 있다.

夫(부)平聲(평성) 夫(부)去聲(거성) 行(행)平聲(평성) 行(행)去聲(거성)

제5장

測字奧祕篇(측자오비편)

1. 測字指迷(측자지미)

測字(측자)를 할 때는 글자의 偏旁(편방), 構造(구조)에 대하여 자신의 독특한 견해를 펼 수 있어야 한다. 下面(하면)에는 참고 자료로 제공한다.

人(인) → 타인에 의지한다는 뜻이 된다.

彳(척) → 사람이 步行(보행)하는 모양과 비슷하다.

从(종) → 兩人(량인)이 同行(동행)한다는 뜻이다.

㐺(종) → 무리를 이루어 從事(종사)한다는 뜻이다.

坐(좌) → 가로막혀 연계가 끊어진다는 뜻이다.

甲(갑) → 田宅(전택)이 깨져 부서져 있는 모양이다.

田(전) → 大才(대재)를 품고시기를 기다려 큰 생각을 크게 펼친다는 뜻이다.

(由(유),甲(갑),申(신)) → 字(자)의 頭(두)나 脚(각)에 쓰이면 爭論(쟁론)한다는 뜻을 나타낸다.

日(일) → 「山(산)」 字(자)가 가로로 놓인 모양과 비슷하다. 그러므로 財祿(재록)이 점점 증가한다는 뜻이다.

黃(황) → 「黃(황)」 字(자)를 쓸 때는 먼저 「廿(입)」 字(자)를 쓰고 나중에 「由(유)」 字(자)를 쓰게 되니 나이 二十一(이십일)세에 싹이 트게 되어 기쁨을 얻게 되는 象(상)이다.

言(언) → 謀(모)하거나 信(신)는다는 뜻이 대부분이다.

小(소) → 小人(소인)의 모양이니 「十(십)」 字(자)가 가까이 있으면 생각을 꿰뚫어보는 六害(륙해)가 있게 된다.

寸(촌) → 생각이 있다는 뜻이 된다. 一寸(일촌)은 十分(십분)이 되니 十分(십분)의 희망을 가지고 깊고 원대한 계획을 세워나간다는 象(상)이다.

辛(신) → 六(륙). 七日內(칠일내)에 혹은 六十日(육십일)째에 일이 성공할 수 있다는 뜻이다.

이것을 응용하는 방식은 만약 「立(립)」 字(자)로 사업에 대해서 물었을 때는 人(인)을 「立(립)」 字(자)에 더하면

「位(위)」 字(자)가 되니 높은 사람에게 의지하면 高位(고위)를 얻을 수 있게 된다고 판단을 하면 된다.

2. 偏旁祕訣(편방비결)

斤(근) → 이 글자로부터 파생되어 질 수 있는 글자는 「兵(병)」, 「近(근)」, 「欣(흔)」 「斥(척)」 「折(절)」등의 글자이다. 만약 「兵(병)」 字(자)를 보았다면 足(족)이 없으니 멀리 가는 것은 불리하다의 뜻이 된다. 만약 「近(근)」 字(자)를 보았다면 가까운 곳에 가면 吉利(길리)이 있다는 뜻이다. 「欣(흔)」 字(자)를 보았다면 歡欣(환흔)한다는 뜻이므로 吉(길)하다. 「斥(척)」 字(자)를 보면 타인에게 배척당하게 된다는 뜻이니 凶兆(흉조)이다. 좌절하다의 「折(절)」 字(자)는 사업에 대해서는 凶兆(흉조)가 된다.

子(자) → 바르게 쓰면 「子(자)」가 되어 「好(호)」가 될 수 있으나 삐뚤어지게 쓰면 「孑(혈)」가 되어 孤獨(고독)하다는 뜻이 된다.

刀(도) → 偏(편),旁(방)으로 쓰이면 「 刂(도)」가 되니 소송에 대해서는 가장 불리하다. 「刑(형)」 字(자)의 偏旁(편방)이 되기 때문이다. 사업에 대해서는 「利(리)」가 되니 吉(길)하다.

犭(견) → 이 글자는 소송에 대해서는 불리하다.「犯(범)」,「獄(옥)」字(자)의 偏旁(편방)이 되기 때문이다. 농사에 대해서는「獲(획)」字(자)가 되니 吉(길)하다. 病情(병정)에 대해서「狂(광)」가 되니 정신질병으로 發狂(발광)하는 조짐이 있다.

口(구) → 소송에 대해서는 凶兆(흉조)에 속한다. 囹圄(령어)에 갇힐 수 있다는 뜻을 암시하기 때문이다. 사업에 대해서는 圓滿(원만)하다는 吉兆(길조)가 된다. 病情(병정)에 대해서 물으면 困(곤)하다는 뜻이기도 하지만 回生(회생)되어질 수 있다는 回字(회자)가 되니 病(병)으로 죽음에 이르지는 않는다는 뜻이다.

米(미) →「迷(미)」字(자)의 象(상)이되니 적극적으로 나아갈 수 없어 단지 하루에 1里(리)를 가는 것과 같다. 소극적인 태도를 취하면 1日(일)의 식량이라도 걱정되지 않는다.

羊(양) → 이 字(자)로 파생되어질 수 있는 글자는「美(미)」「羨(선)」「差(차)」「善(선)」등의 글자이다. 吉兆(길조)가 많다.

方(방) → 이 字(자)로 파생되어질 수 있는 글자는「防(방)」「放(방)」「妨(방)」등의 글자이다. 防止(방지), 放出(방출), 妨礙(방애)의 뜻이 된다. 다른 사람에 의해 가로막히거나 견제를 받게 된다는 뜻이 대부분이다.

中(중) → 이 글자는 「貴(귀)」 字(자)의 首(수)가되니 功名(공명)에는 吉兆(길조)가 된다. 病情(병정)을 물었을 때는 「患(환)」 字(자)가되니 凶兆(흉조)에 속한다.

彡(삼) → 그림자와 같은 모양 形(형)이 따르는 象(상)이 있게 되니 타인의 도움을 얻게 된다는 뜻이다.

卄(초) → 「萌(맹)」 「芽(아)」의 首(수)가 되니 初期(초기)에는 괴롭게 苦(고)생하는 象(상)이 있을지라도 뒤에 가서는 뜻밖에 萬金(만금)을 쌓게 되는 吉兆(길조)이 있게 된다.

ク → 일이 急(급)하다는 뜻이다. 종종 火急(화급)한 일을 겪게 되기도 한다. 病占(병점)에서는 危險(위험)하다고 보면 된다.

才 → 이 글자로 파생되어질 수 있는 글자는 「財(재)」 「戊(무)」 「成(성)」등의 글자이다. 이로 인하여 戊年(무년) 혹은 戌年(술년)에 財(재)물이 펴 성공하게 된다는 뜻이다. 「才(재)」로 변하면 口角(구각)을 막을 필요가 있다.

足(족) → 「蹇(건)」 字(자)의 終(종)가 되니 病占(병점)에는 불리하다. 만약 사람을 기다리고 있다는 물음에 대해서는 人(인)은 아직도 路上(로상)에 있다고 답하면 된다. 사업에 대해서는 蹉跌(차질)을 빚게 된다.

八(팔) → 財運(재운)에 대해서 물으면 金(금)이 없는 凶象(흉상)이다. 病占(병점)에 대해서는 愈(유)가 갈수록 危險(위험)해진다는 조짐이 된다.

官職(관직)에 대해서 물으면 高位(고위)를 얻을 수 있다는 吉兆(길조)가 된다.

貝(패) → 財氣(재기)가 왕성한 象(상)이다. 才能(재능)이 부족하다면 끝내 貧賤(빈천)한 지경으로 굴러 떨어진다는 뜻일 수도 있다. 功名(공명)을 물었을 때는 「買(매)」 字(자)의 終(종)이 되니 뒤에가서는 비교적 好(호)의 기회가 도래하게 된다는 뜻이다.

馬(마) → 취직에 대해서는 走馬(주마)을 달려 任地(임지)에 이른다는 뜻이다. 病情(병정)을 물었을 때는 天馬(천마)가 空中(공중)으로 달리게 되니 天(천)로 올라가 죽게 된다는 뜻이다.

牛(우) → 소송, 刑事(형사)사건에 대해서는 凶兆(흉조)이다. 「牢(뢰)」 字(자)의 終(종)이기 때문이다. 病占(병점)에 대해서는 「生(생)」의 首(수)가 되니 病(병)이 치유되는 吉兆(길조)가 된다.

宀(면) → 財運(재운)에 대해서는 「富(부)」 字(자)의 首(수)가 되니 吉兆(길조)이다. 丈夫(장부)의 病情(병정)은 「寡(과)」 字(자)의 首(수)가 되니 寡(과)婦(부)의 뜻이다. 考試(고시)에 대해서 물으면 「實(실)」 字(자)의 首(수)가 되니 實力(실력)이 있다는 뜻으로 吉兆(길조)이다.

瓜(과) → 孤獨(고독)하게 되어 도움이 없게 되니 成事(성사)되기 어려운 조짐이다.

走(주) → 任地(임지)를 옮기는 것에 대해서는 赴任(부임)한다는 뜻이다. 病況(병황)에 대해서는 起死回生(기사회생)의 조짐으로 건강이 회복된다는 뜻이다.

尸(시) → 사업에 대해서는 發展(발전)한다는 뜻으로 吉兆(길조)이다. 謀事(모사)에 대해서는 履歷表(이력표)를 아직도 거두어지지 않았다는 뜻이니 인내심있게 기다릴 필요가 있다.

禾(화) → 財(재)에 대해서는「利(리)」가 되니 吉(길)하다. 직업에 대해서는 月尾(월미) 혹은 來年(래년)에 가야 出頭(출두)할 수 있다는 뜻이다.

제6장

測字旁通(측자방통)

1) 測字所喜(측자소희)

財勢(재세)에 대해서 물었는데 金(금), 寶(보) 등의 偏旁(편방)의 字(자)가 있거나 禾(화), 斗(두)의 字(자)가 있었다면 吉(길)하다고 판단을 한다.

2) 測字所忌(측자소기)

病占(병점)에 대해서 土(토), 木(목)을 보았다면 불길하다. 소송에 대해서 「血(혈)」「井(정)」 字(자)를 제시하였을 때는 凶兆(흉조)이다.

3) 測字所聞(측자소문)

病情(병정)을 물었을 때 泣聲(읍성)을 들었다면 불길하다. 재물에 대해서 물었을 때 부서지고 깨지는 소리를 들었다면 불길하다.

4) 測字所見(측자소견)

「立(립)」字(자)를 제시하였을 때 旁(방)에 水(수)이 있다면 「泣(읍)」字(자)가 된다. 病占(병점)에 대해서는 불길하다. 「言(언)」字(자)를 제시하였는데 狗(구)가 이르는 것을 보았다면 「獄(옥)」가 되니 소송에 대해서는 불길하다.

5) 以時而言(이시이언)

만약 「草(초)」「木(목)」의 글자를 제시하였는데 계절이 봄.여름이라면 旺盛(왕성)하다고 판단을 하면 된다. 계절이 가을.겨울이라면 시들고 약해진다고 판단을 한다.

6) 以字而言(이자이언)

「牛(우)」字(자)는 사람을 대신하여 힘쓰고 고생하는 소의 뜻이다. 春夏(춘하)는 하는 일이 많을 것이고, 秋(추), 冬(동)은 편안하게 지낸다는 뜻이다.

제7장

이번에는 측자응용 방면에서는 어떻게 운용되며 처리되는가에 관해서 서술해 나가겠다.

1. 婚姻問題(혼인문제)

제시한 文字(문자)가 喜字(희자)를 이룰수 있거나 吉(길), 華(화), 燭(촉), 輿(여), 好(호), 結(결), 婚(혼), 姻(인), 合(합) 등의 글자로 만들어질 수 있다면 吉兆(길조)라고 판단을 하면 된다. 이와 반대로 破(파),凶(흉)등의 글자가 만들어지면 凶兆(흉조)라고 판단을 한다. 예를 들어 「唇(순)」字(자)로 혼인을 물었을 때는 良辰(량진)시기를 기다려 혼례를 올릴 수 있다는 뜻이되어 혼사는 반드시 이루어진다고 판단을 한다. 만약 「硬(경)」 字(자)를 제시하였을 때는 혼인은 破裂(파열)되고 한 건의 다른 혼사가 생길 수 있다고 판단을 한다. 「自(자)」 「由(유)」 등의 글자를 봤을 때는 어떠한 방해도 받지 않고 自由(자유)롭게 혼인할 수 있다고 판단을 한다. 「再(재)」 「復(복)」등의 글자는 再婚(재혼)에는 吉兆(길조)가 되고 初婚(초혼)은 凶兆(흉조)가 된다.

2. 疾病問題(질병문제)

病情(병정)을 물었을 때 가장 기피하는 글자는 弔(조), 喪(상), 吊(조), 齒(치), 死(사), 亡(망), 忌(기), 棺(관) 등의 글자이며 반드시 죽을 조짐이다. 만약 永(영), 系(계), 長(장) 등의 글자를 봤다면 病況(병황)을 끌 수 있다는 뜻이다. 이와 반대로 字中(자중)에 完全(완전)한 「人(인)」 字(자)나 生(생), 全(전), 快(쾌), 癒(유), 吉(길) 등의 글자는 病(병)이 치유된다는 조짐이다. 예를 들어 「病(병)」 字(자)로서 疾病(질병)을 물었을 때 「疒(녁)」은 → 「癒(유)」의 首(수)가 되고 글자내에 完全(완전)한 「人(인)」 字(자)가 있으니 반드시 건강이 회복될 수 있다고 판단을 한다. 만약 「一(일)」 字(자)를 써서 病情(병정)을 물었을 때는 「一(일)」은 「生(생)」 字(자)의 尾(미)이되고 동시에

「死(사)」의 首(수)가 되니 반드시 죽게 된다고 판단한다.

3. 生産問題(생산문제)

生産(생산)을 물었을 때는 안전하게 출산을 할 수 있는지 혹은 胎兒(태아)의 性別(성별)을 묻는게 대다수다. 만약 安(안), 吉(길), 喜(희), 生(생) 등의 글자는 안전하게 출산을 한다는 뜻이다. 만약 流(류), 死(사) 등의 글자는 출산되기 어렵다는 뜻이다. 胎兒(태아)의 性別(성별)을 물었을 때 男(남), 弓(궁), 刀(도), 劍(검). 陽(양), 童(동), 坊(방) 등의 글자는 男子(남자)라고 판단을 한다. 만약 女(녀), 針(침), 系(계), 花(화), 櫛(즐), 陰(음), 孃(양), 娘(낭) 등의 글자는 女子(여자)라고 판단한다. 예를 들어 「富(부)」 字(자)를 제시하여 生産(생산)을 물었을 때 는 「宀(면)」은 「安(안)」 字(자)의 首(수)가 되고 「田(전)」은 「男(남)」 字(자)의 首(수)가 되니 安全(안전)하게 男子(남자)아이를 출산하게 된다고 판단을 하면 된다. 「波(파)」 字(자)를 제시하였다면 「氵(수)는 「流(류)」의 首(수)요. 「皮(피)」는 「破(파)」의 終(종)이 되어 출산하기 어렵고 산모의 건강을 해칠 수 있다고 판단을 한다.

4. 升學(승학), 考試問題(고시문제)

中(중), 合(합), 安(안), 吉(길), 入(입), 喜(희), 及(급), 通(통), 意(의) 등의 글자는 及第(급제)한다고 판단을 한다. 만약 落(락), 不(불), 凶(흉), 悲(비), 難(난) 등의 글자는 낙방한다고 판단을 한다.

5. 失物問題(실물문제)

失物(실물)에서는 失(실), 無(무), 落(락) 등의 글자는 찾을 수 없다는 뜻이다. 만약 「外(외)」라는 글자의 의미를 내포하고 있다면 밖에서 遺失(유실)했다는 뜻이다. 家(가), 內(내) 등의 글자는 家中(가중)에서 遺失(유실)됐다는 뜻이다. 만약 賊(적), 盜(도), 掠(략), 奪(탈) 등의 글자는 다른 사람이 훔쳐갔다는 뜻이다. 出(출), 元(원), 發(발), 再(재), 見(견), 歸(귀), 慶(경) 등의 글자는 다시 찾을 수 있다는 뜻이다.

6. 訟事問題(송사문제)

刑(형), 獄(옥), 罰(벌), 科(과), 囹(령), 圄(어), 囚(수), 犯(범), 罪(죄) 등의 글자는

情況(정황)이 불리하다는 뜻이다. 예를 들어 「利(리)」 字(자)를 제시하고 소송을 물었을때는 「禾(화)」는 「科(과)」의 首(수)요 「 刂(도)」는 「刑(형)」의 尾(미)가 되니 刑罰(형벌)에 처해질 수 있다는 뜻이다.

7. 等人問題(등인문제)

未(미), 待(대), 止(지) 등의 글자는 기다리는 사람이 돌아올 수 없다는 뜻이다. 반대로 入(입), 來(래) 등의 글자는 반드시 돌아올 수 있다는 뜻이다.

8. 豫測年齡(예측년령)

연령을 예측할 때는 우선 제시한 문자가 干支(간지)와 관련이 있는지 혹은 數字(수자)와 관련이 있는지를 찾아보면 된다. 예를 들어 「平(평)」 字(자)는 「六十(육십)」에 「一(일)」 點(점)이 빠져 있으니 59세라고 판단을 하면 된다.

제8장

1. 字體推論祕訣(자체추론비결)

◉ **天**(천) : 二人(이인)이 일을 함께 한다. 결정한 것이 손실이 없으니 하늘이 만물을 뒤덮어 튼튼하게 운행하니 일은 반드시 이루어지고 또한 계속 이어진다.

◉ **地**(지) : 땅이 만물을 싣고 있다. 땅은 주로 정지해 있으니 도모하는 일은 반드시 성사된다. 재물을 구하는 것은 얻어지나 서서히 이루어진다. 官事(관사)는 拖(타) 질질 끄는 것을 막아라.

◉ **日**(일) : 日(일)은 태양성이 되어 높이 비추고 있으니 모든 일이 吉(길)하다. 官事(관사) : 재물 혼인에는 더욱 이롭다.

◉ **月**(월) : 月(월)은 태음이 되니 만약 중순경 15일 : 16일쯤 사이에

占(점)을 치게 된다면 모든 일은 안정이 되고 뜻하는 것이 이루어진다. 만약 혼사 문제라면 더욱 吉(길)하다. 月(월)초 : 月(월)말에 占(점)을 치게 된다면 月(월)의 둥근모양이 줄어든 상태이니 人事(인사)역시 進退(진퇴)가 거듭된다.

◉ **風**(풍) : 밖에서는 虎(호)이 길게 울부짖고 : 內(내)에서는 虫(훼충)이 生(생)기게 되니 모든 일이 마땅하지 않다. 病(병)을 물었다면 더욱 기피한다.

◉ **雲**(운) : 맑게 갠 날에 점을 치면 : 구름이 걷혀야 해를 보게 되니 모든 일이 吉(길)할지라도 : 조심하는 것이 마땅하다. 만약 흐리고 비오는 날에 점을 친다면 하늘의 해를 구름이 가리어 덮고 있으니 기회를 기다리는 것이 마땅하니 급하게 나아가면 불리하다.

◉ **雷**(뢰) : 하늘에서 雨(우)가 田(전)밭으로 내리니 흉할 조짐이다. 功名(공명)은 크게 이롭다.

◉ **雨**(우) : 하늘에 비가 내려 日(일)이 보이지 않으니 陰(음)이 넘쳐나고 陽(양)이 쇠할 조짐이다. 小人(소인)들이 일에 쓰이는 시기이니 모든 일은 조심하는 것이 마땅하며 求官(구관)은 더욱 불리하다.

◉ **雪**(설) : 虛空(허공)의 조짐이다. 큰 눈이 어지럽게 날리는 시기에는 온 땅을 눈으로 뒤덮어 白銀(백은)의 세상으로 변하게 하였다가 한번 해가 뜨면 눈은 전부 녹아내려 흔적도 없이 사라지니 좋지

않다. 재물을 구하는 것은 크게 기피하니 불길하다.

◉ **星**(성) : 日生(일생)의 象(상)이다. 求官(구관)은 승진을 기대할 수 있고 問病(문병)은 쾌유될 수 있다.

◉ **斗**(두) : 謀事(모사) : 求官(구관)은 이롭지 않음이 없다. 考試(고시)를 물었을 때는 魁斗(괴두)이니 더욱 이롭다.

◉ **東**(동) : 木(목)이 빠져있으니 棟(동)이 만들어지지 않는다. 木(목)이 많으면 田(전)이 이루어지지 않는다. 求官(구관)은 불리하다. 대개 東字(동자)는 十(십) :口(구) :木(목)로 이루어져 있어 十口棺木(십구관목)을 암시하니 問病(문병)은 必(필)히 죽는다.

◉ **南**(남) : 남쪽 방위는 陽(양)을 향하고 있으니 항상 日光(일광)이 널리 비추고 있으니 花木(화목)은 반드시 무성하다.

◉ **西**(서) : 惡字(악자)의 頭(두)이다. 재물 婚姻(혼인)은 모두 凶(흉)하다. 겸하여 서쪽은 白虎(백호)의 방위이니 불길하다.

◉ **北**(북) : 北方(북방)은 陰寒(음한)의 지역이다. 불길하다.

◉ **金**(금) : 貴重(귀중)한 물건이다. 求財(구재)는 字面(자면)이 비록 아름다울지라도 원하던 바와 같이 쉽지 않을까? 두렵다. 門病(문병)은 凶(흉)하다. 비록 황금이 있을지라도 목숨은 돈으로 사기는 어렵기 때문이다. 오직 考試(고시)占(점)만이 金榜(금방)題名(제명)할 수 있다.

◉ **木**(목) : 棟樑(동량)의 材(재)이다. 榮(영)을 향하는 象(상)이 있으니 吉

(길)하다.

◉ **水**(수) : 流動(류동)적인 물건이라 求財(구재)는 얻기도 쉬우나 잃기도 쉽다. 問病(문병)은 나이가 물처럼 흘러갈까 두려 우니 오래도록 살기를 바라기는 어렵다.

◉ **火**(화) : 火炎(화염)이 타오른 像(상)이다. 재물 : 도모하는 일은 小人(소인)이 도발하여 災(재)가 이루어지는 것을 막아라 오직 行人(행인)을 물었을 때는 딱 十一(십일)日(일)째에 돌아온다. 대개 火(화)에 十一(십일)을 더하면 來字(래자)가 만들어 지기 때문이다.

◉ **土**(토) : 만물은 土(토)가운데 생기니 土(토)에서 재물이 시작된다. 재물 영업 등은 大吉(대길)하다. 반드시 두터운 이익을 얻게 될 수 있다. 占病(점병)은 凶(흉)하다.

◉ **春**(춘) : 萬象(만상)이 봄에 돌아오는 조짐이 되니 모든일은 吉(길)하다. 영업을 물었다면 三人(삼인)이 동업을 하면 반드시 크게 이익을 얻는다. 대개 春字(춘자)를 분석해보면 三(삼)人(인)日(일)으로 三人(삼인)이 日(일)를 받들고 있는 象(상)이 만들어진다.

◉ **夏**(하) : 心(심)이 있으면 憂字(우자)가 이루어진다. 求官(구관) : 영업 등의 일은 교우 관계를 조심해야 한다. 심복인 친구가 가운데서 : 가로막고 방해하기 때문이다.

◉ **一**(일) : 一(일)획으로 하늘을 여니 開店(개점)에는 吉(길)하다. 占病(점병)은 더욱 기피하니 하나의 陽(양)으로는 살지 못하기 때문이다.

◉ 二(이) : 일이 두 갈래 에서 나오니 : 또한 두 마음을 품고 있으니 占(점)은 조심하는 것이 마땅하다.

◉ 三(삼) : 三才(삼재)가 자리를 잡으니 만물을 낳는다. 모든 일은 吉(길)하다.

◉ 四(사) : 한 개의 口(구)에 2개의 舌(설)이니 구설을 막아야한다.

◉ 六(륙) : 六爻(륙효)로 괘가 이루어지니 文明(문명)의 象(상)이다. 모든 일은 吉(길)하다. 다만 占病(점병)은 크게 凶(흉)하다. 대개 六字(륙자)를 분석해보면 중간에 「一(일) : 人(인)」 字(자)가 더해지니 亡人(망인)가 이루어지기 때문이다.

◉ 七(칠) : 七(칠)은 少陽(소양)이 된다. 재물 : 혼인 등은 불길하다. 螣蛇(등사)가 사람을 무는 상이니 도모하는 일은 불길하다.

◉ 百(백) : 큰 수가 이루어지기 시작하니 이익이 늘어날 조짐이 있다.

◉ 大(대) : 「一(일) :人(인)」 字(자)로 이루어져 있으니 영업 : 求官(구관)은 반드시 남의 도움을 얻어야 한다.

◉ 多(다) : 兩夕(량석)이 이어지니 결국에는 天日(천일)를 보지 못하여 성공하기는 어렵다.

◉ 少(소) : 영업 占(점)에서 경박한 少年(소년)은 멀리 피하는 것이 좋고 여자 직원의 도움을 청하는 것이 좋다. 대개 少(소)+女(녀)=妙字(묘자)가 이루어지기 때문이다.

◉ 父(부) : 交字(교자)의위가 끊어져 있는 象(상)이다. 성공을 이루기는 어렵다.

◉ 子(자) : 孑身(혈신)의 象(상)이다. 訟事(송사)를 물었을 때는 마무리되어 간 시점이 目前(목전)에 와있다. 대개 子(자)는 一(일)+了(료)의 2개의 글자로 되어 있으니 一了百了(일료백료)의 뜻이기 때문이다.

◉ 夫(부) : 二人(이인)이 결합되어 있는 象(상)이다. 도모하는 일은 반드시 타인의 도움을 얻어야 이익이 생긴다.

◉ 妻(처) : 도모하는 일은 木(목)을 택해서 棲(서)한다. (木(목) + 妻(처) = 棲(서)) : 問病(문병)은 雨(우)나 水(수)를 얻으면 불길하다. 孤(고)凄(처)(水(수)+妻(처))의 象(상)이기 때문이다.

◉ 山(산) : 산은 멈춰서 움직이지 않으니 모든 일은 고치는 것은 마땅하지 않고 옛것을 지키는 것이 좋다.

◉ 富(부) : 家中(가중)에 人口(인구)가 있으니 家業(가업)을 세울 수 있다. 오직 非人(비인)에게 부탁할까 두렵다. 도리어 핍박 받게 된다.

◉ 貴(귀) : 망령되게 재산을 크게 벌 생각을 말라. 字面(자면)은 비록 아름다울지라도 실제로는 中大夫(중대부)의 綠(록)만 얻을 수 있을 뿐이다. 正一品(정일품)의 높은 등급의 관직을 함부로 구하고자 한다면 반드시 실패로 돌아가고 만다. 대개 貴字(귀자)는 中(중)字(자)頭(두) + 敗(패)字(자)底(저)(半個(반개))로 이루어져있기 때문이다.

◉ 賤(천) : 金字(금자)가 빠져있으니 錢字(전자)가 이루어지지 않는다.

재물은 반드시 실패한다. 才字(재자)가 빠져있어 財字(재자)가 이루어지지 않는다.

◉ 生(생) : 頭(두)는 牛(우)와 비슷하고 身(신)은 羊(양)과 비슷하니 확실히 무엇인지 불분명하다. 재물은 쉽게 이루어지지 않는다. 問病(문병)은 字面(자면)에 근거하여 직접 말하면 죽었다가 回生(회생)하는 조짐이다.

◉ 死(사) : 一夕(일석)+化(화)=死(사) 모든 일은 凶(흉)하다.

◉ 青(청) : 興起(흥기)의 象(상)이다. 모든 일은 모두 吉(길)하다.

◉ 黃(황) : 廣大(광대)의 象(상)이다. 도모하는 일은 비호하는 사람 집 밑에서 부탁하는 것이 마땅하다. 字體(자체)는 共字頭(공자두)이기 때문에 동업하여 경영하는 것이 마땅하다.

◉ 赤(적) : 모든 일은 小人(소인)이 몰래 是非(시비)거리로 도발하는 것을 막아라. 대개 土(토)에는 재물이 있게 되니 赤字(적자)는 土(토)가 首(수)이니 財氣(재기)가 旺(왕)하다.

◉ 白(백) : 帛字(백자)의 頭(두)가 되니 재물은 吉(길)하다. 구설을 막는 것이 마땅하다.

◉ 黑(흑) : 色(색)이 어두워 밝지 않으니 모든 일은 불길하다.

제9장

隨事取斷祕訣(수사취단비결)

◉ **牛**(우) : 도모하는 일은 힘을 들여도 좋은 위치를 얻기 어렵다. 訟事(송사)는 조심스럽게 막아라 牢(뢰)獄(옥)의 災(재)가 있을 가능성이 있기 때문이다.

◉ **門**(문) : 行人(행인)이 돌아오는 시기를 물었다면 門內(문내)가 空(공)있으니 行人(행인)은 길에 있다.

◉ **串**(관) : 串(관)+心(심)=患(환)이 된다.

◉ **前**(전) : 箭(전)에 頭(두)가 없다. 비록 사람을 쏠 수 있을지라도 해를 입힐 수는 없다. 모든 일은 마음을 놓고 해나가야지 앞 : 뒤를 돌볼 필요는 없다.

◉ **連**(련) : 利(리)가 千里(천리)떨어진 바깥에 있으니 재물은 반드시 먼 지역으로 가야 이롭다.

◉ **浩**(호) : 問病(문병)은 病人(병인)이 비록 입으로 먹고 마실 수 있을지라도 살아날 기미는 이미 끊어졌으니 결국에는 쾌유될 가능성은 없다.

◉ **忍**(인) : 心上(심상)에 刀(도)이 있으니 모든 일은 참고 인내하는 것이 마땅하다.

◉ **賚**(뢰) : 재물은 三人(삼인)과 합작하거나 형제 二人(이인)의 도움을 얻으면 많은 이익을 얻을 수 있다.

◉ **最**(최) : 재물은 빚을 받으러 가면 그날에 바로 取得(취득)할 수 있다.

◉ **戎**(융) : 도모하는 일은 이루기 어렵다. 成字(성자)를 닮지 않았기 때문이다. 家宅(가택)을 물었을 때는 竊賊(절적)을 막아라.

◉ **劣**(렬) : 少字(소자)가 줄어들어있고 力字(력자)가 가득차 있으니 모든 일은 불길하다.

◉ **覓**(멱) : 行人(행인)은 얼굴을 보기 어렵다.

◉ **吹**(취) : 도모하는 일은 口舌(구설)이 있다.

◉ **皆**(개) : 도모하는 일은 반드시 곁에 있는 사람이 도와서 발언을 하게 되면 비로소 和諧(화해)하게 된다. 만약 형제와 돈을 합하여 동업하면 白手(백수)에서 一家(일가)를 이루게 된다. 대개 형제는 比肩(비견)이 되고 皆字(개자)는 比(비)+白(백)=皆(개)이기 때문이다.

◉ **胸**(흉) : 本月(본월)내에 凶險(흉험)을 보게 됨을 막아라. 問病(문병)은 불리한데 만약 本月(본월)을 끌어 다음 달로 넘길 수 있다면 비로

소 쾌유될 수 있다.

◉ **公**(공) : 旁人(방인)이 一言(일언)을 하면 곧 訟(송)을 일으킬 수 있다. 言(언)+公(공)=訟(송)이기 때문이다.

◉ **移**(이) : 多利(다리)의 象(상)이다. 얻게 되는 이익이 많다.

◉ **邁**(매) : 婚姻(혼인)은 遇合(우합)될 수 있다. 상대는 花美(화미)여인이다. 邁字(매자)는 花字頭(화자두)에 遇字底(우자저)이기 때문이다.

◉ **倭**(왜) : 모든 일은 委託(위탁)하면 人(인)을 얻게 되니 크게 吉(길)하다.

◉ **委**(위) : 모든 일은 女性(녀성)이 사는데 맡기면 고르게 해결된다. 委(위)=禾(화)+女(녀)이고 禾(화)+口(구)=和(화) : 女(녀)+子(자)=好(호)이기 때문이다.

◉ **碑**(비) : 노인이나 성인하고 사업을 해야지 어린이 하고는 사업을 하지 말아야 한다. 곁에서 石(석)을 井(정)밑으로 던지는 것을 막아라. 問病(문병)은 大凶(대흉)하니 대개 墓碑(묘비)가 이미 갖추어져있는데 어찌 살아있겠는가?

◉ **誰**(수) : 사람의 말은 悞信(오신)하지 말라. 佳運(가운)이 臨(림)했을지라도 어려움이 있을까 두렵다.

◉ **伍**(오) : 모든 일은 반드시 자기 자신이 주인이 되어야 한다. 만약 자기가 벙어리가 되어 말이 없으면 旁人(방인)이 소유하게 될 것이다.

◉ **捌**(팔) : 도모하는 일은 속임을 당하여 이익을 잃어버리는 것을

막아라. 대개 捌字(팔자)는 拐(괴)+利(리)이기 때문이다.

◉ 久(구) : 正人(정인)은 下(하)에 있고 壞人(괴인)은 上(상)에 있다. 대개 字體(자체)로 말하면 上面半個人字(상면반개인자) (人(인)) → 壞人(괴인)이다. 下面(하면)의 人字(인자)는 (人(인)) → 正人(정인)이다. 사람을 쓰는데 좋지 않다. 오래도록 유지 할 수 있을지라도 얻어진 이익은 많지 않다. 대개 久字(구자)는 多字(다자)와 닮지 않았기 때문이다.

◉ 恰(흡) : 同心(동심)하고 相合(상합)하는 象(상)이다. 도모하는 일은 마음을 합쳐 함께하면 성공 할 수 있다.

◉ 名(명) : 절대로 많은 것은 탐하지 말라. 貪多(탐다)하면 실패 할 뿐만 아니라 口舌(구설)만 초래 할 뿐이다.

◉ 利(리) : 字體(자체)로서 분석해보면 禾(화)+ 刂(도)이므로 모든 일은 折損(절손)되는 것을 막아라.

◉ 達(달) : 도모하는 일은 반드시 幸(행)을 만나게 된다.

◉ 相(상) : 想字(상자)에 心(심)이 빠져있어 모든 일은 이루기 어렵다. 木字(목자)와 目字(목자)는 音(음)은 같으나 字(자) 모양은 다르다. 그러므로 口(구)은 옳으나 心(심)은 틀리는 조짐이다.

◉ 神(신) : 示(시)+申(신)로 이루어져 있어 사람이 신고하는 것을 나타낸다. 최고급 관청에 申告(신고)를 하면 반드시 승소 할 수 있다.

◉ 義(의) : 美(미)는 我(아)에게 있으니 용기 있게 해나가면 美事(미사)이 반드시 이루어진다.

◉ 資(자) : 도적을 막아라. 대개 資字(자자) → 盜字(도자)의 頭(두)와 財字(재자)의 底(저)으로 이루어지기 때문이다. 그렇지 않으면 도둑맞고 재물이 다 없어지게 될 때는 도적이 될 것이다. 대개 貝字(패자)에 戎字(융자)를 더하면 賊字(적자)가 되기 때문이다.

◉ 穴(혈) : 安字(안자)와 닮지 않았고 空字(공자)가 만들어지지 않았다. 그러므로 매사가 불안하고 하는 일은 헛되게 될 것이다.

◉ 當(당) : 재물은 小富(소부)의 조짐이 있다.

◉ 尖(첨) : 小(소)가 大(대)로 변하는 象(상)이니 한 개의 뿌리로 많은 이익을 얻게 된다.

◉ 誹(비) : 言(언)은 부당하다. 도리어 是非(시비)를 야기하게 된다.

◉ 易(역) : 대체로 일은 소홀히 하지 말라 당일에 바쁘게 처리하는 것이 옳다.

◉ 次(차) : 盜(도)을 만나는 것을 막아라. 모든 일은 恣意的(자의적)으로 妄行(망행)해서는 안 된다.

◉ 腦(뇌) : 骨肉(골육)間(간)에 凶災(흉재)를 보게 된다.

◉ 話(화) : 言(언)이 많으면 반드시 口舌(구설)의 재앙을 초래한다. 旁人(방인)에게 의지하면 말하는데 은혜를 남기게 되니 이익을 얻게 된다.

◉ 存(존) : 有(유)+好(호)로 이루어져 있으니 婚姻(혼인)은 吉(길)하다.

◉ 矢(시) : 모든 일은 억지로 頭(두)를 밖으로 내밀면 안 된다. 반드시

失(실)하게 된다.

◉ **加**(가) : 努力(노력)해야 한다. 工作(공작)에 힘쓰고 아침 : 저녁으로 게을리 하지 않으면 성공하게 된다. 力字(력자)+工(공)=功(공)이 되고 口字(구자)+夕(석)=名(명)이 된다. 功(공)을 이루고 名(명)을 이루게 된다.

◉ **九**(구) : 완전한 재능 완전한 복을 갖춘 사람은 세상에 얼마나 될까 그러므로 90%를 달성해도 다행이라고 말할 수 있다.

◉ **且**(차) : 力字(력자)가 없으니 성공하기 어렵다. 且(차)+力(력)=助(조)가 되기 때문이다.

◉ **眞**(진) : 心(심)을 쓰는 것은 愼重(신중)해야 한다. 또한 사람을 바로 대해야지 기쁜 일이 될 수 있다.

◉ **米**(미) : 行人(행인)을 물었다면 來(래)고자 해도 來(래)지 못한다. 米字(미자)는 來字(래자)가 이루어지지 않았기 때문이다.

◉ **危**(위) : 問病(문병)은 조속한 시일 내에 쾌유되기는 어렵다. 字體(자체)는 久(구)+厄(액)의 象(상)이기 때문이다. 타인에게 부탁한다면 言(언)하는 것이 모두 속임수이다. 危(위)+言(언)=詭(궤)이기 때문이다.

◉ **云**(운) : 玄武(현무)의 形(형)이다. 小人(소인)을 막는 것이 마땅하다. 雲字(운자)에 雨(우)가 없으니 재물은 불길하다.

◉ **扉**(비) : 戶內(호내)에 匪人(비인)이 있으니 모든 일은 조심하는 것이 마땅하다.

◉ **車**(차) : 馬(마)이 없고 輪(륜)가 없는 車(차)는 빠르게 가고 멀리 갈

수 없기 때문에 모든 일은 느리게 진행된다.

◉ **婉**(완) : 婚姻(혼인)을 물었다면 字面(자면)으로 보면 婉淑(완숙)한 女(녀)로 아름다운 짝으로 보일 것 같지만 실제로는 夗(원)+心(심)=怨(원)가 되니 집에 있어서는 불안하다.

◉ **元**(원) : 完全(완전)함이 있는 象(상)이다. 제 1등이다. 殿試(전시)등에서 제 1등을 壯元(장원) : 會元(회원)등으로 불린다.

◉ **更**(갱) : 타인의 도움을 얻으면 便利(편리)해질 수 있다. 更(갱)+人(인)=便(편)이 되기 때문이다.

◉ **弓**(궁) : 활은 있으나 화살이 없으면 과녁에 화살을 쏠수없으므로 모든 일은 성취되기 어렵다.

◉ **王**(왕) : 비록 왕은 貴(귀)하다고 할지라도 도모하는 일은 그 主人(주인)을 만나기 어렵다. 헛되이 : 힘을 들여 흥하기를 구하고자 한다면 반드시 計日(계일)하여 때를 기다리는 것이 마땅하다.
王(왕)+日(일)=旺(왕)이기 때문이다.

◉ **跳**(도) : 半路(반로)에서 달아나는 象(상)이 있다. 娶妻(취처)에 있어서는 불길하다.

◉ **宵**(소) : 家財(가재)가 消散(소산)되는 象(상)이다. 대개 家字(가자)는 남아있는 재물에 頭(두)만 덮은 것 일뿐이다. 그리고 消字(소자)는 三點水(삼점수)를 잃고 있으니 불길하다. 官事(관사)는 小人(소인)이 중간에서 가로막고 어지럽히는 것을 막아라.

◉ **絨**(융) : 賊人(적인)이 곁에서 얽혀있는 象(상)이다.

◉ **正**(정) : 上(상)도 아니고 下(하)도 아니다. 止(지)있는 것이 딱 맞다. 正字(정자)는 사람이 끝에 멈추어 있는 것을 나타내는 象(상)이다.

◉ **鐘**(종) : 千里(천리)나 떨어진 곳에서 金(금)을 얻는 象(상)이다.

◉ **工**(공) : 力(력)이 없으니 功(공)을 이루기 어렵다.

◉ **殊**(수) : 左(좌)에는 歹人(알인)이 있고 右(우)에는 朱雀(주작)이 있는 象(상)이다. 모든 일은 조심해야지 禍(화)를 免(면)한다.

◉ **得**(득) : 얻어진 것은 겨우 1寸(촌)일 뿐이다. 이익은 매우 적다.

◉ **待**(대) : 모든 일은 때를 기다려 행동하는 것이 마땅하다.

◉ **向**(향) : 白虎(백호)가 開口(개구)의 象(상)이다. 問病(문병)은 크게 凶(흉)하다.

◉ **文**(문) : 方正(방정)한 사람이 곁에서 도와야 비로소 용기 있게 일을 해나갈수 있다. 文字(문자)는 攵字(복자)와 비슷하니 方(방)+攵(복)=放(방)이기 때문이다.

◉ **確**(확) : 家中(가중)에 곡식이 늘어나는 기쁨이 있을지라도 모든 일은 신중하여야 한다. 그러면 破家(파가)의 禍(화)를 면할 수 있다.

◉ **家**(가) : 돼지가 山下(산하)에서 돌아다니면 家(가)는 완전히 빈다.

◉ **麥**(맥) : 來人(래인)이 죽게 되는 상황을 막아라. 小人(소인)이 좌우에서 살해 음모를 꾸미는 것을 막아라.

◉ **農**(농) : 辰(진)은 용에 속한다. 龍(룡)이 머리에 뿔을 내밀고 있으니

변화를 일으키는 象(상)이다.

◉ 泥(니) : 水(수)는 土(토)에 의해 덮여지게 된다. 그러므로 말라버려 흘러갈 수 없는 것이다. 모든 일은 손상됨이 있다.

◉ 咎(구) : 外人(외인)의 口舌(구설)을 막아라. 安身(안신)할 곳을 찾기 어렵다. 咎字(구자)의 頭(두)는 半(반)개만 남아있는데 處字(처자)가 완전하지 않기 때문이다.

◉ 夙(숙) : 白虎(백호)의 象(상)이다. 죽는 사람이 중앙에 있으니 살해 음모가 있게 된다. 모든 일은 불리하다.

◉ 井(정) : 우물에 떨어지면 오르기 어렵다. 모든 일은 불리하다.

◉ 宮(궁) : 家中(가중)에 口舌(구설)이 겹쳐 있으니 모든 일은 불리하다.

◉ 羽(우) : 羽毛(우모)가 가득히 넘쳐야 높이 날아오를 수 있다. 도모하는 일은 좋은 위치를 얻을 수 있다.

◉ 李(리) : 子(자)는 水(수)에 속한다. 木(목)는 水(수)를 얻어야 무성해질 수 있는 것이다. 그러므로 활짝 필 조짐이다.

◉ 季(계) : 子(자)는 水(수)에 속한다. 田禾(전화)는 水(수)를 얻으면 싹이 트며 자라니 모든 일은 吉(길)하다.

◉ 章(장) : 뜻을 일찍 세우는 것이 마땅하다. 立(립)+早(조)=章(장)이기 때문이다.

◉ 佳(가) : 앞을 향하여 노력하는 것이 마땅하다. 자연스럽게 아름다운 운이 펼쳐질 것이다.

◉ **寓**(우) : 家(가)에 있어 나가지 않으면 끝내 만날 수 없다. 밖으로 나가야 만날 수 있다.

◉ **才**(재) : 貝(패)가 없으니 財(재)가 만들어지지 않는다. 재물은 자본이 줄어드는 근심이 생긴다. 本字(본자)에 오른쪽 삐침(丿)이 빠져 있기 때문이다.

◉ **犀**(서) : 遲延(지연)되는 象(상)이다. 모든 일은 느리게 진행되는 것이 마땅하다.

◉ **步**(보) : 모든 일은 적당할 때 멈추는 것이 옳다.

◉ **錄**(록) : 左(좌)에는 金(금) : 右(우)에는 祿(록) : 問官(문관)은 황금도장을 얻는 것을 기대할 수 있다.

◉ **綿**(면) : 白絲(백사)과 白巾(백건)이다. 問病(문병)은 凶(흉)함이 많고 吉(길)함은 적다.

◉ **脚**(각) : 求官(구관)은 中央(중앙)을 향하여 가는 것이 옳다. 재물은 本月(본월)에는 이익분이 없다.

◉ **忘**(망) : 절대로 마음속에 망령된 생각을 갖지 말라. 忘字(망자)는 妄字(망자)의 頭(두)요 想字(상자)의 尾(미)이기 때문이다.

◉ **姐**(저) : 모든 일은 女人(녀인)이 旁(방)에서 가로막고 어지럽히는 것을 막아라.

◉ **色**(색) : 한편으로는 把握(파악)할 수 있을지라도 한편으로는 女色(녀색)을 가까이 하니 바라는 것을 이루기 어렵다.

◉ **良**(량) : 위에 사람이 비호가 없으면 먹기 어렵다. 대개 良字(양자)에 人(인)을 더하면 食字(식자)가 되기 때문이다. 물을 만나면 물결이 치니 항해하는데 조심해야 한다. 水(수)+良(량)=浪(랑)이기 때문이다.

◉ **袁**(원) : 吉(길)의 頭(두) : 哀(애)의 足(족)이다. 앞에는 기쁘나 뒤에가서는 슬프다.

◉ **孕**(잉) : 낳은 자식이 秀(수)하다. 곧 닮은 자식이다.

◉ **原**(원) : 水(수)이 있으면 길게 흘러 끊어지지 않는다. 水(수)+原(원)=源(원)이기 때문이다.

◉ **周**(주) : 吉星(길성)이 비추니 모든 일이 吉(길)하다.

◉ **塞**(새) : 끊어진 불모의 땅이다. 모든 일은 이루기 어렵다.

◉ **積**(적) : 和氣(화기)로 財(재)가 생기는 조짐이다. 모든 것이 사람에게 재간이 있느냐 없느냐에 달려있다.

◉ **全**(전) : 金字(금자)가 만들어지지 않으니 재물은 없다.

◉ **錦**(금) : 左(좌)에는 金(금) : 右(우)에는 帛(백)이니 名(명)과 利(리)겸하여 얻을 조짐이다.

◉ **連**(련) : 車(차)가 달리고 있는데 부서지지 않으니 : 일은 신속히 이루어진다.

◉ **穡**(색) : 田禾(전화)를 옮겨 심어 숙성되게 하였는데 어떻게 어려움이 같을 수 있겠는가? 도모하는 일은 쉽지 않다.

◉ 高(고) : 享福(향복)이 이루어지지 않는 조짐이다. 도리어 口舌(구설)이 많다. 享字(향자)와 福字(복자)가 이루어지지 않기 때문이다.

◉ 鏡(경) : 立(립) : 見(견) : 金(금) : 銀(은)의 象(상)이다. 재물은 크게 이롭다.

◉ 劵(권) : 모든 일은 힘을 다하면 승리할 수 있다.

◉ 淄(치) : 田(전)이 물에 의해 덮여졌으니 災象(재상)이 이미 나타났다. 모든 일은 불길하다.

◉ 騫(건) : 가로막히는 馬(마)이다. 멀리 가기 어렵다.

◉ 錢(전) : 재물에는 이익이 있을지라도 賤人(천인)이 旁(방)에 있으니 상해를 받을까 두렵다.

◉ 調(조) : 旁人(방인)에게 調停(조정)해달라고 부탁을 하면 모든 일은 凶(흉)이 변하여 吉(길)하게 된다.

◉ 姚(요) : 자식의 도움을 얻어야 好兆(호조)을 얻게 된다. 대개 姚字(요자)에서 女(녀)+子(자)=好(호)이기 때문이다.

◉ 交(교) : 文才(문재)가 있어야 功效(공효)를 볼 수 있다.

◉ 包(포) : 勾陳(구진)의 頭(두)에 해당하고 螣蛇(등사)의 足(족)에 떨어졌으니 모든 일은 지연된다.

◉ 欽(흠) : 欠缺(흠결)되어있는 黃金(황금)의 象(상)이니 불길하다.

◉ 叨(도) : 口(구)이 있고 刀(도)이 있으니 刀筆吏(도필리)가 訟事(송사)를 사주하는 것을 막아라.

◉ **閻**(염) : 門內(문내)가 빠지는 곳이 많으니 家中(가중)에 災禍(재화)를 막아라.

◉ **咸**(함) : 心(심)이 없으니 感字(감자)가 이루어지지 않는다. 口舌(구설)로 인하여 干戈(간과)을 열어 주는 것이 꼴이 된다.

◉ **跪**(궤) : 서서히 진행하는 것이 마땅하다. 급진적으로 나갔다가는 半路(반로)에서 危難(위난)을 만날까 두렵다.

◉ **否**(비) : 否(비)가 다하면 泰(태)가 오는 조짐이다. 오직 口(구)를 열지 않는 것이 마땅하다.

◉ **侮**(매) : 人(인)이 旁(방)에서 侮弄(모롱)을 할까 두렵다.

◉ **齒**(치) : 小人(소인)이 모여 있으니 중간에서 가로 막고 어지럽히는 일이 있다.

◉ **蠱**(고) : 물건이 썩은 뒤에는 虫(충 : 훼)이 생기기 마련이다. 1개의 그릇에 벌레가 3마리나 되니 凶(흉)하다.

◉ **奴**(노) : 오로지 努力(노력)하는 것이 마땅하고 怒(노)를 일으키는 것은 옳지 않다.

◉ **繼**(계) : 천가닥의 실이 한 가닥의 실로 되버리며 : 걸리어 이어지니 訟事(송사)는 얽혀서 끊어지지 않을까 두렵다.

◉ **鬧**(뇨) : 문앞의 시가지와 같으니 흥성하는 象(상)이다.

◉ **間**(간) : 門內(문내)에 日(일)이 있으니 집에서 남자가 권한을 쥐어야 흥성하게 된다.

◉ **明**(명) : 日(일)과 月(월)이 함께하니 天道(천도)가 吉(길)하다.

◉ **晃**(황) : 日光(일광)이 두루 비추니 모든 일은 吉(길)하다.

◉ **倒**(도) : 來人(래인)과 함께 도모해야 사업에 利(리)롭다.

◉ **爭**(쟁) : 事(사)에 두서가 없다면 도리어 口舌(구설)이 많아 다투게 된다.

◉ **控**(공) : 手(수)이 空虛(공허)해지는 象(상)이다.

◉ **坡**(파) : 左(좌)는 地字旁(지자방)이고 右(우)은 波字旁(파자방)이다. 平地風波(평지풍파)의 象(상)이다.

◉ **賈**(고) : 西(서)쪽이 財氣(재기)왕성하니 西(서)쪽으로 가면 이로움을 얻는다.

◉ **梟**(효) : 鳥巢(조소)이 孤木(고목)가 되니 어떻게 오래도록 살 수 있겠는가?

◉ **姥**(모) : 女人(녀인)은 老(로)에서 色(색)이 시들어버렸으니 다른 사람을 기쁘게 하기 에는 부족하다.

◉ **壘**(루) : 田土(전토)가 겹쳐있으니 도리어 연루되기에 충분하다.

◉ **敬**(경) : 苟且(구차)하게 文(문)을 이루면 자연스럽게 아름다운 구절은 없게된다.

◉ **緦**(시) : 대체로 일은 細心(세심)하게 처리해야 얽혀서 연루되는 일을 면할 수 있다.

◉ **詮**(전) : 타인의 言(언)을 얻으면 모든 일이 온전해짐을 얻을 수 있다.

◉ **尙**(상) : 小人(소인)이 上位(상위)에 있으니 口舌(구설)을 막아라.

◉ **馴**(순) : 走馬(주마)이 川(천)에 임하면 어찌 그냥 지나칠 수 있겠는가? 洋(양)를 바라보니 탄식이 일어난다.

◉ **蕃**(번) : 菜(채)이 田內(전내)에 있으니 번창하는 일이 있다.

◉ **蕉**(초) : 草(초)가 이미 메말라 버렸으니 전혀 의욕이 없다. 오직 初春(초춘)이 되면 생기가 생길 가능성이 있다.

◉ **岩**(암) : 山下(산하)에 石(석)이 있으니 뿌리가 단단하니 吉(길)하다.

◉ **見**(견) : 文才(문재)이 없으니 財(재)가 만들어지지 않고 朝中(조중)에 人(인)이 없으니 貴(귀)가 만들어지지 않는다. 貧賤(빈천)한 象(상)이다.

◉ **力**(력) : 勾陳(구진)의 象(상)이다. 모든 일이 지체된다. 오직 노력해야만 성공할 수 있다.

◉ **伐**(벌) : 人手(인수)에 戈(과)을 잡고 있으니 병기를 들고 싸우는 것을 막아라.

◉ **登**(등) : 반드시 癸年(계년)을 기다리면 人頭(인두)를 드러낼 수 있다.

◉ **松**(송) : 木邊(목변)에 老公(로공)이니 凶(흉)하다.

◉ **垂**(수) : 時(시)가 乖(괴)있으니 문을 나서는 것은 옳지 않다.

◉ **寺**(사) : 一寸(일촌)에 그쳐있다.

◉ **古**(고) : 舌頭(설두)가 완전하지 않으니 口(구)가 있어도 言(언)하기 어렵다.

◉ **尤**(우) : 允(윤)을 얻기 어려우니 充足(충족)할 수 없다.

◉ 冠(관) : 完全(완전)함에 오직 一寸(일촌)이 있을 뿐이다. 얻는 것은 매우 적다.

◉ 趣(취) : 반드시 먼 지역으로 가야만 取得(취득)한 것을 지킬 수 있다.

◉ 仙(선) : 반드시 산을 기대고 일을 해야 된다. 否(비)힌즉 人旁(인방)에 空山(공산)이니 얻는 것은 없다.

◉ 穽(정) : 空井(공정)에 水(수)가 없으니 재물은 끊어졌다.

◉ 引(인) : 弓(궁)시위를 당기게 되면 쏴서 이익을 얻을 수 있다.

◉ 恝(개) : 契友(계우)와 心(심)을 함께하니 성공할 수 있다.

◉ 而(이) : 이미 破面(파면)으나 참고 견디면 안정될 수 있다.

◉ 活(활) : 비록 口舌(구설)로 도발하여 火(화)를 건드려도 다행히 水(수)이 있으니 火(화)을 끌 수 있다.

◉ 禽(금) : 凶人(흉인)이 위에서 가리우고 있으니 頭(두)를 내밀기는 어렵다.

◉ 哉(재) : 戈(과)을 가지면 吉(길)하다. 무력으로 해결하는 것이 옳다.

◉ 胖(반) : 勢(세)가 孤(고)한 象(상)이다. 骨肉(골육)이 단지 半(반)만 남아 있을 뿐이다.

◉ 瞎(할) : 目前(목전)에 害(해)가 있으니 조심하는 것이 마땅하다.

◉ 料(료) : 米(미)가 1斗(두)에 그치니 오래도록 먹을 수 없다.

◉ 森(삼) : 樹木(수목)이 무성하다. 흥 할 조짐이다.

◉ 咬(교) : 알고지내는 朋友(붕우)에게 부탁을 하면 口(구)가 봄바람 같

으니 성공할 수 있다.

◉ 婆(파) : 女人(녀인)이 파랑을 일으킬까 두렵다.

◉ 螢(형) : 榮字(영자)가 이루어지지 않았다. 求官(구관)은 달성되기 어렵다. 도모하는 일은 오래 지속되기 어렵다. 대개 螢火(형화)의 光(광)은 갑자기 밝아졌다가 다시 어두워지기도 하여 오래 지속되기 어렵기 때문이다.

◉ 書(서) : 책은 만사의 근본이 되니 쓰이는 데가 끝이 없다. 그러므로 도모하는 일은 바램과 같이 이루어질 수 있다.

◉ 聿(율) : 筆(필)에 頭(두)가 없으니 求官(구관)은 불리하다. 津(진)에 水(수)이 없으니 도모하는 일은 바라던대로 이루어지지 않는다.

◉ 要(요) : 惡字(악자)의 頭(두)요 女字(녀자)의 足(족)이다. 처음은 어려우나 뒤에는 쉽다.

◉ 八(팔) : 人字(인자)와 닮지 않았다. 入字(입자)와도 닮지 않았다. 도모하는 일은 그릇된 사람에게 부탁을 하게 된다. 재물은 수입을 기대하기 어렵다.

◉ 俞(유) : 一人(일인)이 前進(전진)할 수 없으니 옛것을 지키는 것이 마땅하다.

◉ 弟(제) : 木(목)이 없어 梯(제)가 이루어지지 않았으므로 관작은 이루어지기 어렵다. 遇水(우수)면 涕(체)가 이루어지니 불길하다.

◉ 禺(우) : 災禍(재화)가 이미 지나갔으니 아름다운 일을 만나는 것을

기대 할 수 있다. 禍字(화자)는 過字(과자)가 이루어지는 것이지 遇字(우자)가 만들어지는 것은 아니기 때문이다.

◉ **盈**(영) : 가득히 넘치는 象(상)을 가지고 있을지라도 歹人(알인)이 중간에 있어 모든 일은 조심하는 것이 마땅하다.

◉ **忝**(첨) : 問病(문병)은 凶(흉)하다. 夭字(요자)가 頭(두)에 해당하므로 康泰(강태)의 泰字(태자)가 이루어지지 않았기 때문이다.

◉ **担**(담) : 求財(구재)는 旦夕(단석)의 일로 기대하면 얻게 된다. 도모하는 일은 길이 平坦(평탄)하여 이루어질 수 있다.

◉ **徒**(도) : 모든 일은 헛되이 힘들이면 功(공)이 없다. 行人(행인)은 바로 路上(로상)에서 行走(행주)가고 있다.

◉ **府**(부) : 付(부)는 것은 넉넉해야 하는 것이다. 도모하는 일은 寸金(촌금)을 내어주어야만 자연스럽게 응답을 기대할 수 있다.

◉ **覇**(패) : 西(서)쪽으로 月(월)이 기울면 오래지않아 天(천)이 밝아오기 마련이다. 모든 일은 개혁을 빠르게 도모하는 것이 마땅하니 한 지역을 으뜸으로 점거하는 바램이 있다.

◉ **投**(두) : 재물은 없어지게 될 것이다.

◉ **割**(할) : 求利(구리)에는 害(해)로움이 있으니 모든 일은 불길하다.

◉ **窠**(과) : 結果(결과)가 끝에는 空(공)개 된다. 모든 일은 서서히 진행시키는 것이 마땅하다.

◉ **茹**(여) : 재물은 본래는 萬金(만금)의 바램이 있었으나 결과는 女色

(녀색)으로 口舌(구설)이 생겨 만금이 허공으로 떨어진다.

◉ 茶(다) : 人(인)이 草(초)과 木(목)의 중간에 있으니 問病(문병)은 반드시 죽는다.

◉ 執(집) : 力(력)을 얻어야 勢(세)를 얻게 되니 반드시 努力(노력)을 해야 勢(세)를 얻을 수 있다.

◉ 熱(열) : 온도가 뜨겁게 오르니 米(미)로 밥을 지을 수 있으니 모든 일은 성공할 수 있다.

◉ 烟(연) : 火(화)를 일으키는 데는 因(인)이 있어야 하므로 뿌리 없는 火(화)과는 완전히 다르다. 크게 흉할 조짐이다.

◉ 乳(유) : 水(수)이 乳(유)이 섞여서 녹을 조짐이다. 吉(길)하다.

◉ 字(자) : 字(자)는 人生(인생)에 있어서 중요한 물품이다. 언어를 대신할 수 있다. 크게 이롭다.

◉ 足(족) : 멀리가서 起立(기립)할 수 있을지라도 아무래도 下體(하체)에 속하니. 적절하게 여겨 만족할 줄 알아야 한다. 도모하는 일은 낮은 자리는 얻을 수 있으나 높은 자리는 얻기 어렵다.

◉ 士(사) : 四民(사민)의 首(수)다. 喜(희) : 吉(길) : 壽(수)의 3개의 글자의 頭(두)이니 이것을 얻게된 즉 吉(길)하다.

◉ 晒(쇄) : 日(일)가 이미 서쪽으로 기울고 있으니 夕陽(석양)이 비록 좋을지라도 붉은색은 많지 않을 때이니 모든 일은 오래도록 유지할 수 없다.

◉ 胆(담) : 아침에 月(월)이 기울고 있으니 오래지 않아 붉은해가 동쪽에서 떠오르기 시작하니 모든 일은 否(비)이 다하고 泰(태)가 오게 된다.

◉ 量(량) : 一日(일일)에 一里(일리)가 되니 모든 일은 서서히 진행 시키는 것이 마땅하다.

◉ 央(앙) : 歹人(알인)에게 맡겨서 곁에 두도록 하지 말라. 災殃(재앙)을 초래하게 된다.

◉ 兩(량) : 兩人(량인)이 서로 함께 하게되니 모든 일은 更張(경장)하는 것은 마땅하지 않다.

◉ 傘(산) : 大人(대인)이 小人(소인)을 덮고있는 象(상)이다.

◉ 昊(호) : 붉은 해가 하늘 위에 있으니 : 光明(광명)이 吉(길)하게 번창한다.

◉ 販(판) : 財氣(재기)가 비록 있을지라도 反覆(반복)되며 失敗(실패)에 이르게 될까 두렵다.

◉ 靚(정) : 青龍(청룡)이 出現(출현)하니 크게 吉(길)할 조짐이다.

◉ 清(청) : 青龍(청룡)이 水(수)를 얻으니 흉할 조짐이다. 占病(점병)은 기사회생할 조짐이다.

◉ 昇(승) : 紅日(홍일)가 높이 떠오른 象(상)이다. 모든 일은 吉(길)하다. 관직은 겨우 1등급의 祿(록)이 오를 뿐이다. 먹는 것은 겨우 1끼 배부름을 채울 수 있는 양뿐이 안 된다. 1 升(승)의 米(미)가 어찌

전 가족을 먹여 살릴 수 있겠는가?

◉ **椿**(춘) : 木(목)이 春(춘)을 만났으니 득의 양양하게 번영하게 되니 흥할 조짐이다.

◉ **塊**(괴) : 土(토)+也(야)=地字(지자)를 이룬다. 地頭(지두)의 鬼(귀)를 막아라. 가운데서 시비를 걸 것이다.

◉ **採**(채) : 크게 재물이 오고 있다. 考試(고시)는 가려 뽑히는 바램이 있게 된다.

◉ **贐**(신) : 財氣(재기)가 이미 다하였으니 모든 일은 불리하다.

◉ 吮(연) : 오직 사람을 향하여 開口(개구)해야 곧 응답함이 있을 것이다.

◉ **硯**(연) : 石硯(석연)를 갈고 닦아야 成名(성명)을 이룰 수 있다.

◉ **敷**(부) : 현재 관직을 맡고있는 사람은 10일 이내에 관직에서 내쫓기게 될 것이다. 敷字(자)=十(십)+日(일)+放(방)로 이루어 졌기 때문이다.

◉ **亨**(형) : 高(고)은 곳에 기어올랐다면 失足(실족) 할까 두렵다. 高(고)은 곳은 바닥이 없기 때문에 더욱 묘사하기 어렵다. 모든 일은 끝마치지 못한다.

◉ **達**(달) : 幸運(행운)이 이미 지나갔다. 겨우 한 개의 幸字(행자)만 있을 뿐이다. 運字(운자)는 그 중심을 잃고 있어 겨우 走字(주자)만 이루고 있을 뿐이다. 모든 일은 吉(길)함이 적다. 조심스럽게 때를 기

다리면 끝내는 통달할 것이다.

◉ **奇**(기) : 立(립)이 있으면 可(가)히 성공할수 있다.

◉ **俊**(준) : 交友(교우)는 불리하다. 재물은 交易(교역)을 하게 되면 반복 됨이 많다.

◉ **但**(단) : 日(일)가 처음으로 떠오를때 다른 사람은 새벽꿈에서 깨어나지 못하고 있는 시점일 것이다. 사업을 하려면 가장 이른 시기로는 반드시 10일은 기다려야 한다.

제10장

대체로 한 개의 「字」(자)에 대하여 一言(일언)으로서 休咎(휴구)를 판정할 수 있으니 이것을 取格(취격)이라고 부른다. 取格(취격)의 방법은 먼저 五行(오행)의 生剋(생극)을 살피고 六神(륙신)의 動靜(동정)을 살펴서 판단을 하는데 만약 五行(오행)의 相生(상생)하고 六爻(륙효)가 안정이 되어 있으면 吉格(길격)이라고 판단을 하고 이와 반대면 凶格(흉격)이라고 판단을 한다.

1. 「氵(수)」字(자)取(취)格(격)

「津(진)」 法律(법률), 兼借(겸차) **「沆(항)」** 龍歸(룡귀), 滄海(창해),

書筆(서필), 生涯(생애),

「淸(청)」精衛(정위), 塡海(전해), 「治(치)」按法(안법), 可告(가고) 望重(망중), 三台(삼태),

「淳(순)」溫柔(온유), 惇厚(돈후), 「汪(왕)」冰淸(빙청), 玉潔(옥결),

「沛(패)」酒闌(주란), 席散(석산), 「灌(관)」將酒(장주), 勸人(권인),

「濯(탁)」魚躍(어약), 干淵(간연), 「淦(감)」破釜(파부), 沉舟(침주),

「沃(옥)」波浪(파랑), 掀天(흔천), 「泉(천)」無絲(무사), 引線(인선),

「江(강)」功名(공명), 源遠(원원), 「湯(탕)」東漂(동표), 西蕩(서탕),

「池(지)」平地(평지), 興波(흥파), 「漁(어)」如魚(여어), 得水(득수),

「洙(수)」涕泣(체읍), 成珠(성주).

2.「金(금)」字(자)取(취)格(격)

「金(금)」破鏡(파경), 分釵(분차) 一人(일인), 助余(조여), 「鍾(종)」名重(명중), 金甌(금구) 千里(천리), 得金(득금),

「錐(추)」鐵面(철면), 雄心(웅심), 「銳(예)」囊錐(낭추), 脫穎(탈영),

「銅(동)」釣而(조이), 不鋼(불강), 「鈺(옥)」金聲(금성), 玉振(옥진),

「錢(전)」金氣(금기), 摧殘(최잔), 「鑲(양)」如錐(여추), 處囊(처낭),

「鈔(초)」 披沙(피사), 見金(견금).

3. 「木(목)」 字(자)取(취)格(격)

「梳(소)」 中流(중류), 砥柱(지주), **「楓(풍)」** 玉樹(옥수), 臨風(림풍),

「枇(비)」 朱紫(주자), 之榮(지영), **「楷(해)」** 階梯(계제), 並得(병득),

「格(격)」 陌路(맥로), 相逢(상봉), **「松(송)」** 公私(공사), 兩利(량리),

「枕(침)」 和樂(화락), 且耽(조탐), **「檢(검)」** 拔劍(발검), 相助(상조),

4. 「土(토)」 字(자)取(취)格(격)

「土(토)」 坐上(좌상), 無人(무인) **「坎(감)」** 歡喜(환희), 不足(부족),

敲斷(고단), 玉釵(옥차),

「堆(퇴)」 坎離(감리), 交姤(교구), **「孝(효)」** 與子(여자), 偕老(해로),

「埋(매)」 理上(리상), 有虧(유휴), **「臺(대)」** 室人(실인), 有喜(유희),

「域(역)」 傾城(경성), 傾國(경국).

5. 「火(화)」字(자)取(취)格(격)

「煤(매)」 謀救(모구), 燃眉(연미), **「烟(연)」** 因風(인풍), 吹火(취화),

「煩(번)」 焦頭(초두), 爛額(란액), **「焦(초)」** 佳人(가인), 燕喜(연희),

「熊(웅)」 點綴(점철), 能爲(능위), **「黯(암)」** 鯉可(리가), 化龍(화룡),

6. 「冫(빙)」取格(취격)

「丶(주)」 玉葉(옥엽), 冰心(빙심), **「永(영)」** 難逃(난도), 八法(팔법),

「冫(빙)」 一片(일편), 冰心(빙심), **「馮(빙)」** 不足(부족), 憑也(빙야),

「冶(야)」 三台(삼태), 位缺(위결).

7. 「丨(곤)」取格(취격)

「中(중)」 伯仲(백중), 無人(무인) 直立(직립), 破口(파구),

「小(소)」 兩邊(량변), 阻隔(조격) 光景(광경), 一半(일반),

「卜(복)」 上下(상하), 無依(무의) 金枝(금지), 玉葉(옥엽).

「串(관)」 憂心(우심), 忡忡(충충),

8. 「/」取格(취격)

「乃(내)」 孕必(잉필), 生子(생자),
「么(마)」 公私(공사), 交困(교곤),
「重(중)」 無力(무력), 可動(가동),
「垂(수)」 似重(사중), 不重(부중),
「乎(호)」 一人(일인), 得采(득채),
「乖(괴)」 有隙(유주), 可乘(가승),
「身(신)」 一討(일토), 卽謝(즉사),
「乘(승)」 千人(천인), 比面(비면) 人去(인거), 乖違(괴위),
「白(백)」 百無(백무), 一就(일취),
「氏(씨)」 視民(시민), 如傷(여상),
「匆(물)」 匆促(총촉), 難成(난성).

9. 「刂(도)」取格(취격)

「剝(박)」 利祿(리록), 兼備(겸비),
「刲(규)」 刀圭(도규), 普濟(보제),
「前(전)」 利於(리어), 花月(화월) 得火(득화), 煎熬(전오),
「則(칙)」 顚之(전지), 倒之(도지) 賞罰(상벌), 分明(분명),
「削(삭)」 劍氣(검기), 冲霄(충소),
「副(부)」 福利(복리), 雙全(쌍전),
「劑(제)」 齊民(제민), 利物(리물),

10. 「一(일)」取格(취격)

「一(일)」生死(생사), 之間(지간),

「而(이)」破面(파면), 之象(지상),
逢三(봉삼), 見面(견면),

「丕(비)」不一(부일), 而足(이족),

「不(부)」比下(비하), 有餘(유여)
丕承(비승), 丕顯(비헌),

「甘(감)」甜頭(첨두), 已去(이거)
事多(사다), 阻隔(조격),

「亞(아)」有心(유심), 僞惡(위악)
兩可(량가), 之間(지간),

「正(정)」征人(정인), 不至(부지)
遲延(지연), 之咎(지구).

11. 「二(이)」取格(취격)

「二(이)」心計(심계), 不工(부공)

「于(우)」手中(수중), 不足(부족),

「工(공)」王之(왕지), 爪牙(조아)
玉體(옥체), 不安(불안),

「夫(부)」一失(일실), 不全(부전),

「亞(아)」左右(좌우), 爲臣(위신).

12. 「三(삼)」取格(취격)

「三(삼)」 始終(시종), 如一(여일), **「秦(진)」** 春生(춘생), 秋實(추실)

枯木(고목), 逢春(봉춘),

「奏(주)」 春元(춘원), 之兆(지조), **「王(왕)」** 乾坤(건곤), 合體(합체).

13. 「四(사)」取格(취격)

「四(사)」 買賣(매매), 求財(구재), **「蜀(촉)」** 無光(무광), 之燭(지촉)

蝸角(와각), 蠻觸(만촉),

「罰(벌)」 羅計(라계), 剝削(박삭), **「羅(라)」** 綱維(강유), 目張(목장).

14. 「八(팔)」取格(취격)

「八(팔)」 做人(주인), 撇脫(별탈), **「公(공)」** 一言(일언), 興訟(흥송)

分內(분내), 存私(존사),

「其(기)」 一月(일월), 爲期(위기)

八毫(팔호), 可至(가지).

15. 「九(구)」取格(취격)

「**九(구)**」缺一(결일), 不全(부전), 「**丸(환)**」不能(불능), 瓦全(와전),

「**執(집)**」勢力(세력), 不足(부족)

大勢(대세), 已去(이거).

16. 「十(십)」取格(취격)

「**十(십)**」士之(사지), 魁首(괴수), 「**壬(임)**」千中(천중), 選一(선일),

「**千(천)**」最上(최상), 一乘(일승), 「**干(간)**」干求(간구), 不遂(불수)

秀氣(수기), 不足(부족).

17. 「日(일)」取格(취격)

「**日(일)**」緘口(함구), 莫言(막언), 「**晩(만)**」免職(면직), 有日(유일),

「**暉(휘)**」時運(시운), 不齊(부제), 「**昕(흔)**」日近(일근), 日新(일신),

「**早(조)**」綽綽(작작), 有餘(유여), 「**曉(효)**」堯天(요천), 舜日(순일),

「**易(역)**」決然(결연), 變卦(변괘)

日月(일월), 不明(불명).

18. 「月(월)」取格(취격)

「朋(붕)」 股肱(고굉), 有損(유손)
腼脂(연지), 零落(령락),

「肓(황)」 芒刺(망자), 在背(재배),

「膝(슬)」 如漆(여칠), 似膠(사교),

「腥(성)」 披星(피성), 帶月(대월),

「豚(돈)」 走而(주이), 逐之(축지),

「腔(강)」 空中(공중), 捉月(착월),

「青(청)」 靜而(정이), 不爭(부쟁),

「肯(긍)」 武闈(무위), 有分(유분),

「胥(서)」 定有(정유), 收梢(수초).

19. 「几(궤)」取格(취격)

「几(궤)」 肌不(기부), 得食(득식),

「風(풍)」 騰蛟(등교), 起鳳(기봉),

「颯(삽)」 破笠(파립), 遮風(차풍),

「巩(공)」 巧奪(교탈), 天功(천공).

20. 「冂(경)」取格(취격)

「周(주)」 喜氣(희기), 入門(입문),　**「用(용)」** 漸露(점로), 頭角(두각)
周而(주이), 不全(부전).

21. 「疒(녁)」取格(취격)

「疵(자)」 病根(병근), 在此(재차),　**「瘟(온)」** 昌威(창위), 無病(무병),
「痕(흔)」 病有(병유), 根源(근원),　**「疹(진)」** 蹶疾(궐질), 不瘳(부추).

22. 「厂(한)」取格(취격)

「辰(진)」 青龍(청룡), 之兆(지조),　**「原(원)」** 源頭(원두), 無水(무수),
「廚(주)」 名登(명등), 天府(천부),　**「厄(액)」** 秀爪(수조), 之龍(지룡).

23. 「口(구)」取格(취격)

「因(인)」 似困(사곤), 非困(비곤)　**「圓(원)」** 圖謀(도모), 財寶(재보),

烟消(연소), 火滅(화멸),

「囚(수)」 一人(일인), 定國(정국) 「國(국)」 一團(일단), 疑惑(의혹),

落人(락인), 圈套(권투).

24. 「广(엄)」取格(취격)

「庚(경)」 逢八(봉팔), 不康(불강), 「廣(광)」 黃金(황금), 入庫(입고),

「麻(마)」 夜半(야반), 聯床(련상), 「床(상)」 緦麻(시마), 之兆(지조).

25. 「䒑(공)」取格(취격)

「卷(권)」 春色(춘색), 平分(평분), 「首(수)」 道之(도지), 不行(불행),

「泰(태)」 一家(일가), 眷屬(권속), 「羔(고)」 乃烹(내팽), 小鮮(소선),

「券(권)」 無拳(무권), 無勇(무용), 「羊(양)」 未盡(미진), 善也(선야).

26. 「石(석)」取格(취격)

「磁(자)」 破碎(파쇄), 在玆(재자),

「硫(류)」 中流(중류), 砥柱(지주),   **「確(확)」** 破家(파가), 難全(난전),

杭流(항류), 漱石(수석).

27. 「田(전)」取格(취격)

「田(전)」 寅畏中存(인외중존), 首尾難中(수미난중), 輕重得體(경중득체),

「里(리)」 未可(미가), 限量(한량),   **「異(이)」** 羽而(우이), 翼之(익지)

故歸(고귀), 田里(전리),

「禺(우)」 一走卽遇(일주즉우), 豈偶然哉(기우연재),

「胃(위)」 無思(무사), 不服(불복),   **「畏(외)」** 雷震(뢰진), 八荒(팔황).

28. 「禾(화)」取格(취격)

「科(과)」 星移(성이), 斗轉(두전),   **「種(종)」** 千里(천리), 得利(득리),

「稜(릉)」 登科(등과), 淩雲(릉운),   **「秀(수)」** 一言(일언), 可誘(가유),

「禿(독)」虎榜(호방), 登科(등과), 「移(이)」其利(기리), 必多(필다).

29.「人(인)」取格(취격)

「今(금)」一心(일심), 愁念(수념), 「余(여)」半途(반도), 而廢(이폐),

「兪(유)」一人(일인), 有利(유리), 「合(합)」人口(인구), 安全(안전),

「令(령)」喜脫(희탈), 囹圄(령어), 「盒(합)」我倉(아창), 旣盈(기영),

「禽(금)」離少會多(리소회다), 「全(전)」一人在土(일인재토),

其人如玉(기인여옥),

「介(개)」勢如(세여), 破竹(파죽), 「念(념)」人有(인유), 二心(이심),

「更(갱)」偸天(투천), 換日(환일), 「巫(무)」王之(왕지), 左右(좌우),

「伸(신)」神仙(신선), 中人(중인), 「伊(이)」人得(인득), 依君(의군),

「俑(용)」無力(무력), 不勇(불용),

「偸(투)」剝削(박삭), 天倫(천륜), 「假(가)」室邇(실이), 人遐(인하),

「保(보)」開口(개구), 便休(편휴), 「儉(검)」人立(인립), 險地(험지),

「伺(사)」官司(관사), 累人(루인),

「倩(천)」人孰(인숙), 無情(무정), 「俊(준)」人有(인유), 始終(시종),

「任(임)」千人(천인), 選一(선일), 「倍(배)」辛苦(신고), 之人(지인).

30. 「彳(척)」取格(취격)

「徐(서)」 行有(행유), 餘力(여력),
「徒(도)」 待小(대소), 定局(정국),
「徠(래)」 小往大來(소왕대래),
「街(가)」 壅塞不行(옹색불행),
行動爲佳(행동위가),
「從(종)」 行期(행기), 已定(이정),
「德(덕)」 言聽(언청), 計徒(계도),
「幃(위)」 從違(종위), 不定(부정).

31. 「目(목)」取格(취격)

「目(목)」 月計(월계), 有餘(유여),
「盲(맹)」 過目(과목), 不亡(불망),
「瞿(구)」 行到(행도), 通衢(통구),
「看(간)」 眉間(미간), 不平(불평),
「盾(순)」 眉頭(미두), 蹙損(축손),
「自(자)」 無心(무심), 不足(부족).

32. 「口(구)」取格(취격)

「叶(협)」 暗中(암중), 設計(설계),
「同(동)」 十分(십분), 周到(주도),
「吹(취)」 受口(수구), 之欺(지기),
「噫(희)」 心口(심구), 相應(상응),

「吳(오)」無心之悞(무심지오), 石破天驚(석파천경),

「台(태)」參商(참상), 已見(이견), 「回(회)」見面(견면), 難期(난기),

「呷(합)」鬼哭(귀곡), 神號(신호), 「噴(분)」同心(동심), 發憤(발분).

33. 「心(심)」取格(취격)

「思(사)」能慮無累(능려무루), 疑心生鬼(의심생귀),

「恩(은)」烟盡(연진), 火息(화식), 「志(지)」悲喜(비희), 交集(교집),

「忿(분)」恩怨(은원), 須分(수분), 「悉(실)」心花(심화), 吐采(토채),

「悲(비)」心上(심상), 安排(안배), 「愁(수)」得意(득의), 之愁(지수),

「惑(혹)」一心(일심), 爲國(위국), 「忠(충)」心頭(심두), 之患(지환).

34. 「言(언)」取格(취격)

「言(언)」人而(인이), 無信(무신), 「該(해)」語言(어언), 刻薄(각박),

「詠(영)」永矢(영시), 勿諼(물훤), 「請(청)」情誼(정의), 割絶(할절),

「諂(첨)」以言(이언), 陷人(함인), 「訓(훈)」求謨(구모), 不順(불순),

「**誅(주)**」詩成(시성), 珠玉(주옥), 「**諱(휘)**」違心(위심), 之言(지언),

「**誘(유)**」調和(조화), 鼎鼐(정내), 「**調(조)**」語言(어언), 周到(주도).

35. 「之(지)」取格(취격)

「**逢(봉)**」相逢(상봉), 一笑(일소), 「**通(통)**」急流(급류), 勇退(용퇴),

「**遲(지)**」通天(통천), 之犀(지서), 「**進(진)**」佳士(가사), 入選(입선),

「**遁(둔)**」左道(좌도), 宜遠(의원), 「**遂(수)**」逐隊(축대), 隨行(수행).

36. 「扌(수)」取格(취격)

「**梅(매)**」海不(해부), 揚波(양파), 「**括(괄)**」指東(지동), 話西(화서),

「**扼(액)**」危而(위이), 不持(부지), 「**持(지)**」懷技(회기), 待時(대시),

「**掠(략)**」半推(반추), 就半(취반), 「**挾(협)**」招之(초지), 不來(불래).

37. 「女(녀)」取格(취격)

「女(녀)」 一半平安(일반평안),
「如(여)」 妯娌不和(축리불화), 揚名顯姓(양명현성),
「媧(와)」 補過(보과), 修好(수호),
「妻(처)」 擇木(택목), 而棲(이서),
「妃(비)」 安不(안불), 忘危(망위),
「奴(노)」 手到(수도), 拏來(나래).

38. 「糸(멱)」取格(취격)

「縷(루)」 鏤金(루금), 錯綵(착채),
「維(유)」 釋難(석난), 解紛(해분)
「結(결)」 紅驚(홍경), 天喜(천희),
「素(소)」 責任(책임), 所累(소루),
「糺(규)」 一絲(일사), 不亂(불란),
「繼(계)」 可斷(가단), 可續(가속).

39. 「示(시)」取格(취격)

「福(복)」 富而(부이), 好禮(호례),
「禱(도)」 福偏(복편), 壽全(수전).

40. 「巾(건)」取格(취격)

「幢(당)」 童生(동생), 得巾(득건), **「帷(유)」** 入幕(입막), 佳賓(가빈).

41. 「阝(읍)」取格(취격)

「祁(기)」 邦家(방가), 之禎(지정), **「邰(태)」** 治國(치국), 安邦(안방).

42. 「門(문)」取格(취격)

「開(개)」 公門(공문), 刑罰(형벌), **「誾(은)」** 閫內(곤내), 之言(지언).

43. 「宀(면)」取格(취격)

「宮(궁)」 官宦(관환), 之體(지체), **「宜(의)」** 宦途(환도), 多阻(다조).

44. 「鳥(조)」取格(취격)

「雀(작)」 不雅(불아), 不妙(불묘), **「鴿(합)」** 一鳴(일명), 驚人(경인).

45. 「佳(가)」取格(취격)

「雅(아)」 鼠牙(서아), 雀角(작각), **「難(난)」** 分離(분리), 可嘆(가탄).

제11장

1)「脫(탈)」

어떤 여자가 남편이 돌아오지 않는 것을 걱정하여 占(점)을 치기로 하고 이순풍의 집을 찾아갔다. 그때 이 여자가 上衣(상의)를 벗고 있었으므로 그때 이순풍은「脫(탈)」字(자)로 점을 쳤는데「脫(탈)」字中(자중)에「月(월)」字(자)는 骨肉(골육)을 나타내고「兌(태)」字(자)는 父(부)의 首(수)가 되고 見(견)의 尾(미)가 되는 것이다. 同時(동시)에「悅(열)」字(자)의 旁(방)이니 이 때문에 骨肉(골육)이 서로 모여 歡悅(환열)한다는 卦象(괘상)이 나오게 되었다.

2) 「欠(흠)」

「欠(흠)」 字(자)를 쓰고 六甲(륙갑)을 물었다. 정성이 말하기를 明日(명일)에 男子(남자)아이를 낳을 것이다. 그리고 그 아이는 첫째가 아닐 것이다. 때는 十月(십월)初(초)十日(십일)이었다. 다음날에 그 사람이 다시 와서 말하기를 아내가 과연 오늘아침에 한명의 남자아이를 낳았습니다. 이 아이는 둘째입니다. 그러면서 先生(선생)에게 字(자)의 이치를 자세히 설명해 달라고 청하였다. 정성이 말하기를 「欠(흠)」 字(자)에 兩點(량점)을 더하면 次(차)가 된다. 그러므로 반드시 첫째는 아닐 것이다. 今日(금일)은 十一日(십일일)이니 欠(흠)+土(토)=坎(감)이 된다. 易理(역리)에 근거하면 中男(중남)이 된다. 그러므로 반드시 男子(남자)아이를 낳는다고 판단을 한 것이다.

3) 「茆(묘)」

한사람이 「茆(묘)」 字(자)로서 婚姻(혼인)을 물었다. 정성이 말하기를 「花」 字(화자)의 首(수)가 되고 「柳(류)」 字(자)의 尾(미)가 되니 기생이다(花柳界(화류계)여자는 기생임). 그리고 마지막 末筆(말필)은 「節(절)」로 끝났으니 오래도록 偕老(해로)한다는 卦象(괘상)이다.

4)「葉(엽)」

某(모)男子(남자)가「葉(엽)」字(자)로서 婚姻(혼인)을 물었다. 정성이 말하기를「葉(엽)」는「花(화)」의 首(수)이고「柳(류)의 旁(방)이다. 그러므로 花柳界(화류계)여자인 것이다. 동시에 英(영)의 首(수)요 栗(률)의 尾(미)이다.(英栗(영률)=鴉片(아편))이니 벗어날 방법이 없다.「葉(엽)」字中(자중)에 世字(세자)가 있으니 오래도록 偕老(해로)한다는 뜻이다.

5)「錢(전)」

某人(모인)이 手中(수중)에 있는 동전을 탁자위에 올려놓고 동전에 새겨져있는「順(순)」字(자)를 가리키며 婚姻(혼인)을 물었다. 정성이 말하기를 동전의 바깥은 圓形(원형)이고 안에는 方形(방형)(방형은 사각형)이다. 이러므로 天地(천지)가 안정되게 통한다는 뜻이다. 그리고「順(순)」字(자)를 가리켰으니 順利(순리)대로 진행된다는 뜻이다.

6)「芍(작)」

某人(모인)이「芍(작)」字(자)로 病人(병인)의 吉凶(길흉)을 물었다. 病者(병자)는 반드시 나이어린 婦人(부인)이다. 나이는 20세 전후일 것이다. 그 사람이 놀라며 대답하기를 정말로 그렇습니다. 病者(병자)는 나의 妻

(처)이고 나이는 20세입니다. 그런데 生死(생사)가 어떻게 되는지 궁금합니다. 정성이 말하기를 「芍(작)」 字(자)는 「黄(황)」 字(자)의 首(수)요 「豹(표)」 字(자)의 尾(미)가 되니 오래 살 수 없을 것이다(黃字황자)는 黃泉(황천) 저승을 뜻한다). 그리고 「芍(작)」 字(자)가 「花(화)」 字(자)가 완전하지 않고 「月(월)」 字(자)가 부족하다. 그러므로 오래살지 못할 것이다. 과연 1개월 뒤에 죽었다.

7) 「鳬(부)」

某人(모인)이 「鳬(부)」 字(자)로써 혼인을 물었다. 쉽게 성사된다. 그 여자는 재혼하는 여자일 것이다. 그 사람이 머리를 끄덕이며 字(자)의 이치를 물었다. 정성이 말하기를 쓰러진 鳳(봉)이니 혼인을 하면 매우 아름답게 되니 어찌 쉽게 이루어지지 않겠는가? 글자의 형태는 上(상)은 鳥(조)와 같고 下(하)는 鳥巢(조소)와 같다. 지금의 鳥(조)는 이미 巢中(소중)에 살지 않고 있다. 巢(소)을 바꾸는 鳳(봉)의 象(상)이다. 그러므로 재혼하는 여자일 것이다.

8) 「虬(규)」

某人(모인)이 「虬(규)」 字(자)로써 혼인을 물었다. 이 여자는 寡婦(과부)

일 것이다. 먼저는 사적으로 연애를 하다가 뒤에 장가들게 된다. 혼인은 쉽게 이루어진다. 그 사람이 놀라며 字(자)의 이치를 물었다. 정성이 말하기를 「虬(규)」 字(자)는 「花(화)」와 「燭(촉)」의 나머지글자가 된다. 그러므로 寡婦(과부)가 된다. 「風(풍)」 「化(화)」가 깨져있으니 사적으로 연애를 하였음이 틀림없다.

9) 「吝(린)」

某人(모인)이 「吝(린)」 字(자)로서 혼인을 물었다. 정성이 말하기를 「吝(린)」 字(자)는 上(상)에는 交歡(교환)의 象(상)이고 下(하)에는 和合(화합)의 形(형)이니 혼인은 행복하고 만족스러울 것이다. 그 사람이 놀라며 그렇다고 답하였다.

測字占(측자점)

초판 1쇄 2020년 12월 31일

지 은 이 구경수
발 행 인 이규종
발 행 처 예감

등 록 제2015-000130호
주 소 경기도 고양시 일산동구 공릉천로 175번길 93-86
대표전화 031) 962-8008
F A X 031) 962-8889
홈페이지 www.elman.kr
전자우편 elman1985@hanmail.net

가격 45,000원

ISBN 979-11-89083-70-0